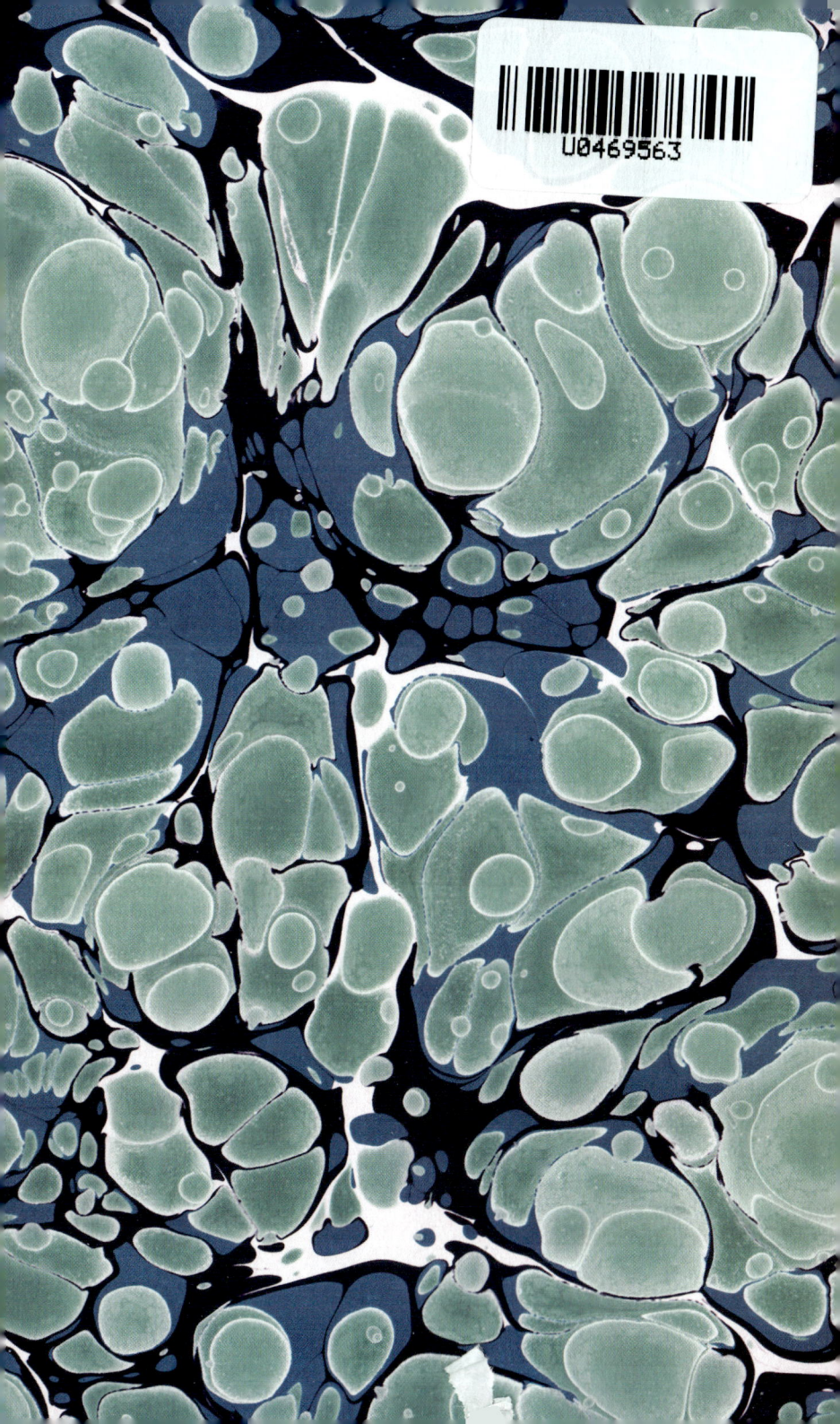

Through The Looking-Glass And What Alice Found There

爱丽丝镜中奇遇记

THROUGH THE LOOKING-GLASS AND WHAT ALICE FOUND THERE

爱丽丝镜中奇遇记

〔英〕刘易斯·卡罗尔 著

〔美〕米洛·温特 绘

吴钧陶 译

图书在版编目(CIP)数据

爱丽丝镜中奇遇记/(英)刘易斯·卡罗尔(Lewis Carroll)著；吴钧陶译．-- 上海：上海财经大学出版社，2024.7．--（草鹭经典文库）．-- ISBN 978-7-5642-4418-7

Ⅰ.I561.88

中国国家版本馆CIP数据核字第20245MF848号

草鹭经典文库·外国文化书系

□ 策　　划　草鹭文化 × 悦悦图书
□ 主　　编　王　强
□ 责任编辑　廖沛昕
□ 特约编辑　刘　畅
□ 封面设计　草鹭设计工作室

爱丽丝镜中奇遇记

[英]刘易斯·卡罗尔　著
[美]米洛·温特　绘
吴钧陶　译

上海财经大学出版社出版发行
(上海市中山北一路369号　邮编200083)
网　　址：http://www.sufep.com
电子邮箱：webmaster@sufep.com
全国新华书店经销
南京爱德印刷有限公司印刷装订
2024年7月第1版　2024年7月第1次印刷

889mm×1194mm　1/32　7.25印张　123千字
定价：88.00元

总　序

"经典是那些永远占据着你的书架却又永远翻读不完的书。"

唯历经时间一轮轮严酷的甄别，唯历经读者一代代苛刻的选择，优胜劣汰，真正的文字方能登上那称之为"名著"或"经典"的人类思想的峰巅。

钱锺书谓名著之特质端在于其"可读性"与"可再读性"。前者提供的"无穷趣味"、后者呈现的"难及深度"遂使得"名著"跨越时空的鸿沟、跨越人种的藩篱，如不竭的生命之泉滋养着不同文化中血肉之躯的人的存在。

基于此，"草鹭经典系列"志在为真正读者打造一个由"文字的趣味""审美的品格""思想的深度"为主色所构成的不朽的文字世界。

草鹭文化出品的"草鹭经典系列"图书，搜求中外经典名著，精择一流的版本、插图，以精美的装帧、设计完成"经典的再造"，满足读者阅读与收藏的多重需求，把一道靓丽与涵养兼具的文字风景带给他／她们的书架，带给他／她们的书房。

　　草鹭该系列的策划与推出，得到了业界顶级专家、学者的大力支持，许多著名的策划人、出版人、翻译家、收藏家纷纷加入进来，分别参与策划、翻译、校订等工作；在设计、制作诸环节，草鹭一流的设计师、手工师亦匠心独运，贡献出一部部令人惊艳的作品。仰赖于这些优秀书人、艺术家、匠人之间的通力协作、苦研精制、严格把关，草鹭必将打造出整个"经典系列"所独具的高品味、高质量、高价值。

　　"草鹭经典系列"依据装帧之丰简，分为"珍藏版"和"文库版"两个子系列。

　　"珍藏版"系列自2019年启动以来，已陆续推出《傲慢与偏见》《呼啸山庄》《伊索寓言》《波纳尔之罪》《伊利亚随笔》《爱丽丝漫游奇境》《格林童话全集》《红楼梦》《神曲》等二十余种精品图书。"珍藏版"的特色，主要体现在限量印制、唯一编号；注重传承，选用名家译本或藏本；收录名家高清插图，不少均为国内首次出版；封面选用进口漆布、山羊皮等特殊材质，以UV印刷、多层烫印等工艺呈现；内文选用脱酸纸；配备内裱绒布书匣或书盒，呵护入藏的爱书。该系列是"收藏级"的精美作品，一经面世，就受到很多书友的喜爱和入藏。

　　"文库版"系列是草鹭基于"珍藏版"的实践经验，面向更广泛的读者群体推出的图书品种。"草鹭经典文库"致力于打造中外经典著作的简装书，以简装但不简单的小精装，将阅读装点成一件随手可触的赏心乐事。

"草鹭经典文库·外国文化书系"依旧立足于传统，计划在十年内出版上百种中外经典著作，包括童话、随笔、游记、小说、自传、诗歌等内容，荟萃英、德、法、意等国家的经典作品；而在书籍装帧艺术方面，该系列会延续鲜明的"草鹭风格"，封面材质拟选用特种艺术纸，与烫金烫印工艺、UV印刷等现代工艺相结合，将厚重的经典与形式的精巧熔于一炉，让读者在阅读中感受到文字之美，感受到装帧之美。

"草鹭经典文库·外国文化书系"主编　王强

红方

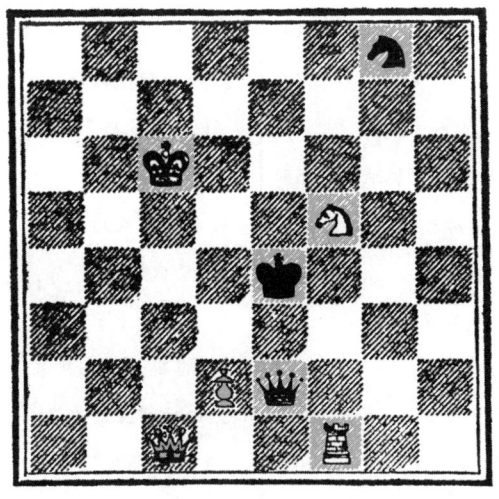

白方

白兵（爱丽丝）走棋，在第十一步时胜出

	页码		页码
1. 爱丽丝捉红后	036	1. 红后逃至王翼车 4	043
2. 爱丽丝由后 3（由铁路）进至后 4	048	2. 白后躲至后象 4（追逐披肩）	089
（特维德顿和特维德地）	065		
3. 爱丽丝捉白后（围披肩）	089	3. 白后退至后象 5（变成绵羊）	096
4. 爱丽丝跨入后 5（店，河，店）	096	4. 白后奔至王象 8（将鸡蛋留在货架上）	103
5. 爱丽丝追至后 6（汉普蒂·邓普蒂）	107	5. 白后移至后象 8（自红马处飞来）	140
6. 爱丽丝进至后 7（树林）	131	6. 红马奔至王 2（叫将）	149
7. 白马吃红马	151	7. 白马退至王象 5	170
8. 爱丽丝到达后 8（加冕）	170	8. 红后迂回至王格（考试）	177
9. 爱丽丝成为后	187	9. 后的城堡	186
10. 爱丽丝进宫（宴会）	188	10. 白后至后车 6（汤）	196
11. 爱丽丝吃红后，胜出	201		

目录 Contents.

卷首诗 /001

第 一 章　镜中房子 /007

第 二 章　活的花卉大花园 /027

第 三 章　镜中昆虫 /045

第 四 章　特维德顿和特维德地 /063

第 五 章　羊毛和水 /087

第 六 章　汉普蒂·邓普蒂 /105

第 七 章　狮子和独角兽 /129

第 八 章　"这是我自己的发明" /147

第 九 章　爱丽丝王后 /173

第 十 章　摇　晃 /199

第十一章　睡醒了 /203

第十二章　谁做的梦呢 /207

卷尾诗 /213

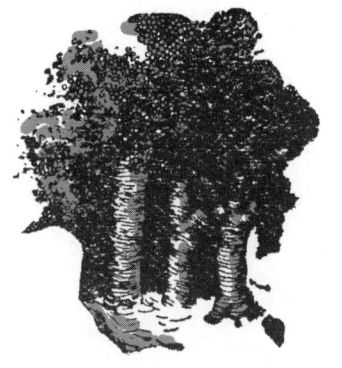

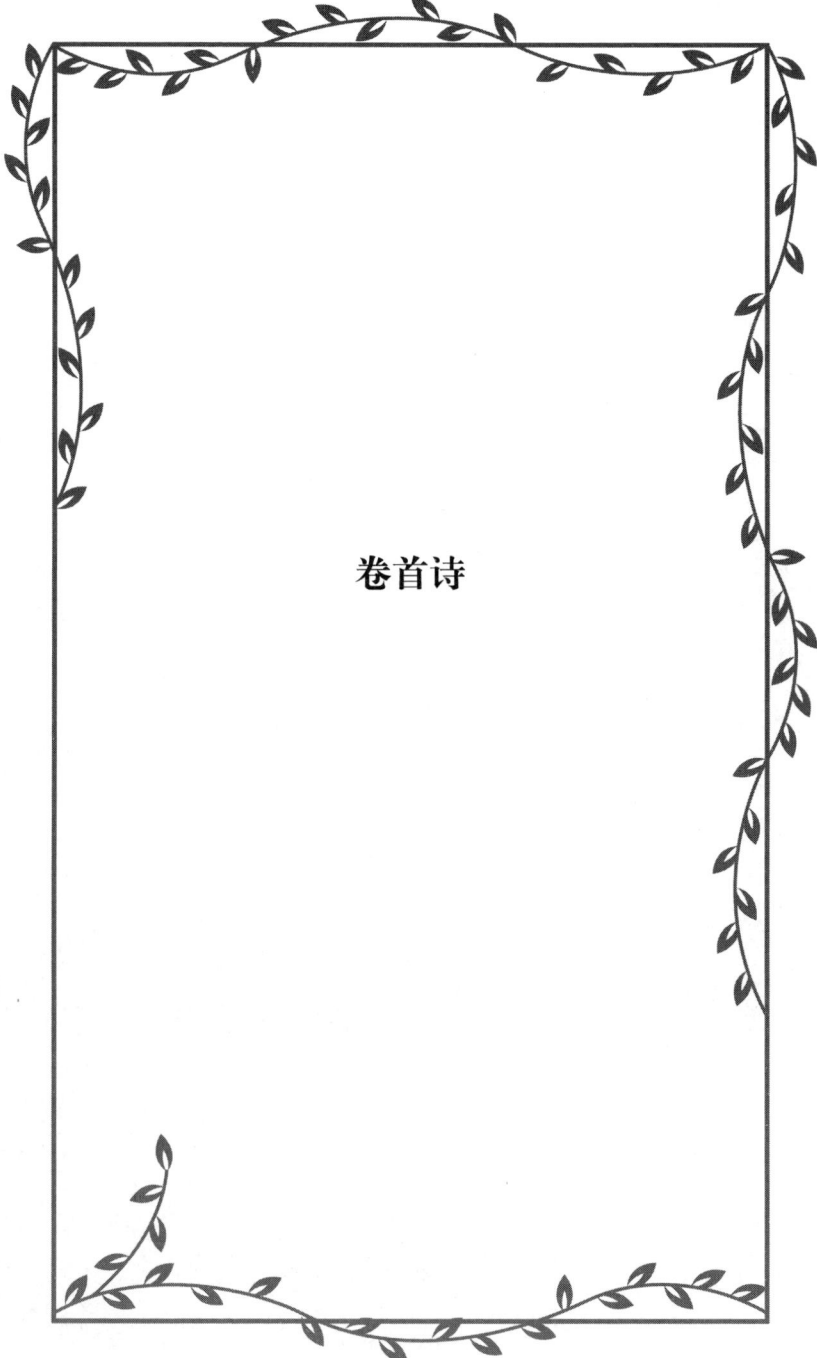

你的前额纯洁开朗无污点，
　　如梦的眼睛真美妙，孩子！
虽然时间飞逝，而你我之间
　　年龄上相差足足有半世，
你可爱的笑容一定会评价
这一篇作为爱的礼物的童话。

我没有见到过你的灿烂的面容，
　　也没有听到过你的动听的笑声；
你的年轻生命的未来时日中，
　　不可能想到我这样一个人——
只要你现在愿意倾听就够啦，
倾听我的这一篇童话。

这一篇故事开始于过去的日子,
　　当时夏天的烈日在燃烧——
一阵简朴的钟乐在我们乘小舟时,
　　和着划木桨的节奏声声敲——
它的回声至今还印在记忆里,
要过许多年代才会说"忘记"。

那么,来吧,趁闷闷不乐的女仆
　　还没有发出吓人的声音,
传来那令人苦恼的信息,招呼
　　你到讨厌的床上去睡觉!
亲爱的,我们不过是长大的儿童,
就寝时间一近就使我们心事重重。

屋子外,冰冻霜寒,白雪刺眼,
　　还有暴风的疯狂撒泼——
屋子内,炉火熊熊,红光闪亮,
　　那是童年时代的安乐窝。

这些奇异的文字会深深吸引你，
那凶猛肆虐的狂风你不必在意。

而且，虽然有一声叹息的阴影
　　可能会绵绵地贯穿故事，
因为"快乐的暑期"已一去无音信，
　　夏天的辉煌也已经消失——
但是它绝不会带有一丝苦辣
来影响我们这一篇愉悦的童话。

第一章

镜中房子

有一件事情是确定无疑的,那就是白猫咪和此事毫无关系——完完全全是那只黑猫咪的错。因为白猫咪刚才正在让老猫替它洗脸,熬着难熬的时刻(总的来说,它表现得相当不错),所以,你看,它不可能在那件调皮捣蛋的事情上插上一手。

老猫黛娜是这样替它的孩子们洗脸的:先用一只爪子揪住那只可怜的小东西的耳朵,把它摁下去,然后用另一只爪子把它的脸全部擦一遍,不过从鼻子开始,那是不对头的。正像我所说的,老猫黛娜刚才正在辛辛苦苦地服侍那只白猫咪,白猫咪很安静地躺在那儿,很想呼噜呼噜叫——毫无疑问,它感觉到那完全是为了它好。

不过那只黑猫咪在下午早些时候就由黛娜洗完了脸,因此,爱丽丝蜷曲身子坐在那张大扶手椅子的一角,在她半是自言自语、半是瞌睡的时候,黑猫咪就在大玩特玩。它跳跳蹦蹦地玩弄爱丽丝的倒霉透顶的绒线球,她曾经打算绕起来,也已经一来一去地绕了，到后来又全部散开来。绒线散在壁炉地毯上，疙疙瘩瘩，缠缠绕绕，一塌糊涂，黑猫咪却在中间追逐自己的尾巴打圈圈。

"哦，你这个可恶的、可恶的小东西！"爱丽丝叫起来，一把抓住黑猫咪，轻轻地吻了一下，让它明白这样做很不讨人喜欢。"说真的，黛娜应该教你懂点儿规矩！黛娜，你应该这么做，你知道你应该这么做！"她加上一句，并且用责备的眼光瞪着那只老猫，用她尽可能做到的生气的声音说道——然后，她爬回那只扶手椅子上，带着黑猫咪和绒线，开始重新绕绒线球。不过进展得并不是很快，因为她一直在说话，有时候对黑猫咪说，有时候对她自己说。黑猫咪非常端庄娴静地坐在她的膝盖上，假装瞧着绕线的进展，时不时地伸出一只爪子，轻轻地碰碰那只球，仿佛要是可能的话，它很愿意帮上一把。

"蔻蒂，你可知道明天是什么日子吗？"爱丽丝开始说，"要是你曾经跟我一起在窗前，你就会猜到的——只不过黛娜那时正在替你洗脸，所以你猜不到。我看到的是小伙子们在拾树枝，准备烧篝火——那需要许多许多树枝啊，蔻蒂！只不过天气太冷了，雪又下得那么大，他们不得不离开。没关系，我们明天去看篝火。"说到这里，爱丽丝把绒线在黑猫咪的脖子上绕了两三圈，要看看那会是什么样子。这下失了手,那只绒线球滚到地板上去了,一码,一码,又一码地再松散开来。

"蔻蒂,你可知道,我刚才真的很生气,"重新舒舒服服地安顿下来之后,爱丽丝继续说下去,"我看见你做了那么多坏事情,简直要打开窗户,把你扔到雪地里去!你真该受到这样的处罚,你这个亲爱的小捣蛋!你有什么话要为自己辩解吗?现在不要打断我!"她举起一根手指头,继续说,"我要把你所有的过错一一讲给你听。第一条:今天早上黛娜替你洗脸的时候,你尖声叫了两次。蔻蒂,你现在否认不了,我亲耳听见的!你说什么啊?"(她假装听见黑猫咪在说话。)"它的爪子碰到你眼珠子了吗?嗯,那可是你的错啊,因为你把眼睛睁开来啦——要是你闭得紧紧的,就不会发生那种事。现在不要再找什么借口了,听下去!第二条:我刚刚把一茶碟牛奶放到雪花莲的面前,你就拽着它的尾巴把它拖开!什么,你口渴了,是吗?那么你怎么知道它不口渴呢?再说第三条:在我不注意的时候,你把绒线球全部拆开,一点儿都不剩!"

"这就是三条过错,蔻蒂,而你到现在还没有因为哪一条受到处罚呢。你知道,我打算把对你的处罚全都保留到下个星期三——假如他们把对我的处罚也全都保留着会怎么样呢?"她继续说，更像是跟自己谈，而不是跟猫咪谈。"到了年底他们究竟会怎么办呢？我想，到时候我会被送进监狱的。或者——让我想想看——假如每一次处罚是扣掉一顿饭的话，那么，悲惨的日子到来的时候，我肯定要一下子被扣掉五十顿饭！好吧，我绝不该为这件事太操心！与其吃那五十顿饭，我宁可不吃！"

"蔻蒂，你可听见白雪落在窗玻璃上的声音了？那声音是多么动听、多么柔和啊！就好像有谁在外面把整个窗子吻遍了。白雪那么轻柔地吻着树林和田野，我不知道它是否爱着它们。然后，它用一条白被子把它们盖得舒舒服服的。它也许在说：'亲爱的，睡觉吧，睡到夏天再来的时候醒来。'蔻蒂，到了夏天它们醒来，它们全都穿上绿色的衣服，舞个不停——只要有风吹着——哦，简直漂亮极了！"爱丽丝叫嚷着，同时放下那只绒线球，拍起手来，"而且我真希望是那么一回事！树林到了秋天叶子都黄了，我肯定那时它们看起来是昏昏欲睡的。"

"蔻蒂，你会下棋吗？我亲爱的，你可不要笑啊，我是正正经经地问你。因为我们刚刚下棋的时候，你在一旁瞧着，仿佛懂得下棋似的。而且我说'将！'的时候你在呼噜呼噜地叫！嗯，蔻蒂，那是一着很妙的将，我真的可能就赢了，坏就坏在那只讨厌的马①，它在我的棋子当中横冲直撞。蔻蒂，亲爱的，让我们假装——"写到这儿，我希望我能够跟你们多少谈一些爱丽丝常常说的事情，她说起话来总是用她喜欢的说法"让我们假装"来开头。就在昨天，她跟她的姐姐喋喋不休地争论了好久好久——完全是因为爱丽丝用了"让我们假装我们是国王们和王后们"这句话来开头。她的姐姐向来喜欢非常精确，争论说那是不可能的，因为她们一共只有两个人。于是爱丽丝最后不得不让步说："好吧，那么你可以扮成其中一个，而我把其他的人物全部包下来。"还有一次，她忽然对着她的老保姆的耳朵大声叫嚷："保姆！让我们来假装，我是一条饿鬣狗，而你是一根肉骨头！"这下真把老保姆吓了一大跳。

很抱歉，这些话扯远了，我们还是回到爱丽丝对黑猫咪说的话上来吧。"蔻蒂，让我们假装你是那个红王后吧！你可知道，我觉得如果你坐起来，两臂交叉，你的样子就完完全全像她了。现在试试看，好，真是乖孩子！"于是爱丽丝把那只红王后棋子从桌子上拿起来，放在黑猫咪的眼前，让它作为模特照着做。不过，爱丽丝说，这件事大体上没有成功，因为黑猫咪不肯像模像

---

① 马，原文是 Knight，国际象棋中的棋子，原意是"骑士"。

第一章　镜中房子　013

样地交叉两臂。因此，她把它拎到那面镜子前作为惩罚，让它瞧瞧自己那副德行。"——要是你不好好地照办，"她又说，"我就把你送到镜中房子里边去。你会喜欢这样吗？"

"现在，蔻蒂，只要你专心听，而不要话太多，我就会把我想象的镜中房子全部告诉你。首先，透过镜子，你能看见那间屋子——它跟我们的会客室一模一样，只不过里边的东西全都相反。我爬上这把扶手椅就能把一切都看得清清楚楚——除了壁炉后边的一小块地方看不见。哦，我多么希望自己能够看见那一小块地方啊！我非常想知道他们在冬天是不是生了火。你知道，你怎么也弄不明白，除非我们的炉火冒烟，那间屋子里才会冒烟——不过那也许仅仅是假装而已，就为了看上去他们是生了火的。不错，那些书本有点儿像我们的书本，只不过那上面的字是反的。我知道这一点，因为我曾经把我们的一本书举到镜子前面，于是他们就在另一间屋子里也举起一本书来。"

"蔻蒂，你可会喜欢住在镜中房子里呢？我不知道他们在那边会不会给你喝牛奶？也许镜中的牛奶不好喝——不过，哦，蔻蒂！现在我们看到那条过道了。假如你让我们会客室的门开得大大的，你只能看见镜中房子的那条过道的一点点，就你所能看到的这一点点过道而言，它非常像我们这条过道，只不过你知道，再过去也许很不一样。哦，蔻蒂，要是你能够穿过去，进入镜中房子，那会是多么美妙啊！我敢肯定那里边有，哦！如此漂亮的东西呀！蔻蒂，让咱们假装有那么一个办法能穿过去，走进房子里吧。让我们假装那面镜子变得像薄纱一样软，我们能够穿过去吧。呀，我说它现在已经变成一层薄雾似的东西啦！很容易就能穿过去啦——"她说这句话的时候，人已经登上了壁炉架，虽然她弄不明白自己是怎么上去的。而那面镜子确实就像一片明亮的银白色薄雾那样，开始消散掉。

一转眼工夫，爱丽丝已经穿过那面镜子，轻巧地跳到那镜中的房子里。她做的第一件事就是看看壁炉里是不是生了火，她很高兴地发现果真是生了火，火光四射，跟她留在身后的炉火一样明亮。"这样我在这儿就会如同在老房间里一样暖和了，"爱丽丝心里想，"其实是更暖和，因为在这儿不会有人呵斥我，叫我离火远些。哦，他们要是看见我穿过镜子跑到这儿来，却捉不到我，那是多么好玩啊！"

于是她开始四处看看，注意到凡是原来房间里能够看见的东西都很一般、很无味，但是其余的一切则完全不一样。比方说，壁炉旁边的墙上挂的图画看起来都是活生生的，而壁炉架上的那只时钟（你知道你在镜子里只能看见它的背面）长着一张小老头

第一章　镜中房子　015

的脸,冲着她露齿而笑。

"他们没有把这间屋子弄得像那间屋子那么整洁。"爱丽丝注意到有几只棋子掉落在炉膛的灰烬中,她这样暗自思忖着。可是在下一分钟,她惊讶地低叫了一声"哦!"便用双手和双膝趴在地上盯着它们瞧。那些棋子正两个两个的并排走起来啦!

"这是红国王和红王后,"爱丽丝说(她悄悄地,只怕吓着他们),"那是白国王和白王后,坐在煤铲子的边缘上——这是两个车[①]手臂挽着手臂走着——我想他们听不见我说的话,"她继续说,一面把头凑得更近一些,"我差不多可以肯定,他们看不见我。我觉得,不知道怎么一来,自己仿佛变成一个隐身人了——"

这时候,爱丽丝背后的桌子上有什么东西开始发出刺耳的尖叫声,她不禁回过头来,正好看见一个白兵在打滚,还把双脚乱踢起来。她奇怪得不得了,眼睁睁地瞧着,要看看下一步会发生什么事情。

"那是我的孩子的声音!"白王后大声嚷着,一面从白国王

---

① 车,这里指国际象棋中的一枚棋子,原文是 Castle,原义为"城堡",棋子的形状也是一个城堡。

"王家的胡说八道!"白国王一面说,一面擦着他那摔痛了的鼻子。

身边冲过去，跑得那么急，竟然把白国王撞倒了，跌在灰烬里。"我的好宝宝莉莉啊！我的王家猫咪啊！"于是她开始疯狂地爬上那道壁炉围栏。

"王家的胡说八道！"白国王一面说，一面擦着他那摔痛了的鼻子。他有权利对那位王后感到小小的不满，因为他从头到脚都是灰。

爱丽丝非常急于帮助别人，于是，在那位可怜的小莉莉尖叫得差不多要晕过去的时候，她急急忙忙拾起那位王后，把她放到桌子上她那吵闹不休的小女儿身旁。

王后气喘吁吁，坐了下来。刚才那次快速的空中旅行使她惊吓得喘不过气来，有一两分钟她什么都干不了，只能把小莉莉搂在怀里，让她安静下来。她刚刚缓过一口气，就看见白国王正闷闷不乐地坐在灰堆里，便对他叫喊道："小心火山啊！"

"什么火山？"国王问，他焦急不安地仰望着炉火，仿佛觉得那儿是最有可能发现一个火山的地方。

"把——我——吹上来了，"王后喘着气说，她仍然有一点儿透不过气来，"你小心地爬上来——走正规的路——不要被吹上来！"

爱丽丝眼瞧着白国王慢慢地挣扎着往上爬，从一根横杆爬到另一根横杆，到后来她忍不住说："喂，照这种速度，你得花许多许多个钟头才能爬到桌子上去呀。我帮你一把会好得多，是不是呀？"可国王对这个问题毫不理睬，很显然，他既听不见她的话，也看不见她这个人。

于是，爱丽丝轻手轻脚地把他拾起来，提着他慢慢地拿上去，比她刚才把王后拿上去要慢，这样就可能不会使他惊吓得喘不过气来了。不过，在把他放在桌子上之前，她觉得不妨替他掸掉一点儿灰尘——他全身都是炉灰。

她后来说，在国王发现自己被一只看不见的手举在半空中，并且被掸去炉灰的时候，像他这副挤眉弄眼的怪模样，她这一辈子从来也没有看见过。国王惊吓得失魂落魄，喊都喊不出声来，但是他的眼睛和嘴巴越张越大，越绷越圆，爱丽丝笑得手直抖，几乎松手让他掉到地板上。

"哦！亲爱的，请你不要把脸弄成这副模样！"她大声说，根本忘记了国王听不见她说的话。"你使我发笑，弄得我握不住你啦！你的嘴巴不要这样一直大张着！炉灰都要落进去啦——好啦，现在我觉得你是够整洁的啦！"她又说，同时把他的头发捋捋平，然后把他放在桌子上靠近王后的地方。

国王立刻跌倒，直挺挺地躺在那儿，一动也不动。爱丽丝看

第一章　镜中房子

到自己做出的事情，不免有点吃惊，便在房间里到处转，看看是否找得到什么水来浇他。可是，她什么也找不到，只找到一瓶墨水，她拿着墨水走回来的时候，却发现他已经苏醒过来，和王后两人正在交头接耳，惊恐地说着悄悄话——声音那么低，爱丽丝几乎听不见他们在说什么。

国王说的是："亲爱的，千真万确，我直到胡子尖儿都发冷！"

对这句话，王后却回答说："你可是连一根胡子也没有啊。"

"那一刻的恐怖，"国王继续说，"我永远、永远也不会忘记！"

"可是，你会忘记的，"王后说，"如果你不把这件事做一个备忘录的话。"

爱丽丝带着很大的兴趣在一旁观看那位国王从口袋里掏出一本很大很大的备忘录，开始写起来。她忽然灵机一动，看见那支铅笔的末端在他的肩膀上方露出了一点儿，便一把抓住，开始代替他写字。

可怜的国王看来迷惑不解，闷闷不乐，有时候暗暗地跟那支铅笔较劲，一言不发。然而爱丽丝比他的力气大多了，他终于喘着气说道："我的亲爱的！我真的必须弄一支细一点儿的铅笔才行。这支笔我一点儿都使不来，它写的各种各样的事情全都不是我要写的——"

"究竟是哪一些事情呢？"王后说，朝那本备忘录大致看了一看（爱丽丝在那上面写的是：白色马正从拨火棍上滑下来。他平衡保持得很不好），"这可不是你的感觉的备忘录啊！"

有一本书躺在桌子上，靠近爱丽丝，她坐下来，盯着白国王看（因为她对这个国王还是有点儿担心，她把墨水准备好了，随时可以泼在他身上——如果他再次晕过去的话），与此同时，她一页一页地翻过去，打算发现自己能读懂的部分，"——因为上面是用我不懂的某种文字写的。"她自言自语道。

比如下面的文字：

胡言乱语①

那是 brillig, 还有 slithy toves

去 gyre 和 gimble 在 wabe :

所有的 mimsy 都是 borogoves,

而那个 mome raths outgrabe。

---

① 胡言乱语，原文为 Jabberwocky，是作者卡罗尔在本书中杜撰的一个单词，后来一些英文词典中正式收录。下面还有一些这样的怪字，读者，特别是小朋友们，不必认真对待，只要觉得好玩就行。

第一章　镜中房子　021

爱丽丝有一会儿工夫对这段文字感到迷惑不解，不过她脑子里终于闪过一道亮光。"哎，当然咯，这是一本镜中之书！那么，如果我把它举到一面镜子跟前，这些文字就会全部正过来啦。"

以下就是爱丽丝读出的诗篇：

胡言乱语

那是 brillig，还有 slithy toves
　　去 gyre 和 gimble 在 wabe：
所有的 mimsy 都是 borogoves，
　　而那个 mome raths outgrabe。

"小心那个胡言乱语，我的孩子！
　　那咬人的上下颌，抓人的爪子！
小心那只 Jubjub 鸟，赶快躲开
　　那 frumious Bandersnatch！"

他手拿一把 vorpal 利剑：
　　很久以来他把 manxome 敌人找——

于是休息在那株 Tumtum 树边，
　　站立一会儿以便思考。

他站在那儿作 affish 思考的时候，
　　那个胡言乱语，眼睛直冒火星，
穿过 tulgey 树林晃晃悠悠地走，
　　走过来的时候，咕噜咕噜说个不停！

一，二！一，二！那把 vorpal 利剑
　　一来二去，咔嚓咔嚓！
他让他陈尸在地，割其首级，
　　扬扬得意拎着头回家。

"你是否已把那个胡言乱语杀死？
　　我的乐滋滋的孩子，让我抱抱！
哦，卡罗啊！卡来哎！frabjous 日子！"
　　他开心得哈哈哈哈大笑。

那是 brillig，还有滑溜溜的 toves

曾经旋转和 gimble 在 wabe：

所有的 mimsy 都是 borogoves，

而那个笨蛋 raths outgrabe。①

"这首诗似乎很有趣，"爱丽丝看完了以后说，"不过相当不好懂啊！"（你瞧，她甚至对自己都不肯承认，她其实完全看不懂。）"不知道怎么搞的，这首诗似乎把种种含意充满我的头脑——只不过我确实不明白是什么意思！然而，诗里说有某个人杀死了某件东西，不管怎么说，这一点是清楚的——"

"啊呀！"爱丽丝忽然跳起来，心里想着，"如果我不抓紧时间，在我看完这幢房子的其余部分是什么样子之前，我就不得不穿过镜子回去啦！先看看花园吧！"她立刻就出了那个房间，跑下楼去——或者，至少不是真正的跑，而是一种又快又轻便的下楼的新发明，爱丽丝是这样对自己说的。她仅仅把手指尖放在扶手上，就轻轻地飘起来，双脚连梯级都不碰到就下去了。然后她

---

① 这首诗的原文中有不少单词是杜撰生造的，无法翻译，因而这里照搬过来，以示其胡言乱语。

继续飘,穿过厅堂,要不是一手抓住了门柱,她会以同样的方式一直飘到门外去。在空中飘浮了那么久,她开始觉得有点儿晕晕乎乎的,等到发现自己又能够自自然然地走路时,她简直太高兴了。

第二章

活的花卉大花园

"要是我能登上那座山的山顶的话,"爱丽丝对自己说,"我准会把那座大花园看得清楚得多。这里正有一条直通山顶的小路——至少,不对,它到不了那儿——"(在她沿着小路走了几码,转了几个很险的弯以后说。)"不过,我猜想它最后能到达的。只是它弯弯曲曲,好怪好怪啊!说是一条小路,倒不如说是一个开瓶塞的螺旋钻呢!好啦,我想,这个拐弯是到山上去的!——不对,它不是的!它径直往回通向那幢房子!好吧,我试试走另一条道吧。"

于是她就按照她想做的那样做了,她东闯西闯,摸索着转了一个弯,又转了一个弯,然而总是走回房子跟前来。说真的,有一次她比平常更迅速一点儿转过一个角落的时候,来不及停住脚步,一头撞上了房子。

"这没有什么好说的,"爱丽丝说,抬头望望那幢房子,假装那幢房子是在跟她辩论,"不过我现在还不打算再走进去。我知道我又得穿过那面镜子——回到那个老房间里去——我的全部历险故事也就会在那儿告一段落啦!"

于是,她坚决地转身背对那幢房子,再一次起步沿着那条小径走去,一心一意地笔直走,非要到达那座山不可。开头几分钟,一切都十分顺利,可是她刚刚开口说:"这一次我真的要成功了——"那条小径却忽然拐了一个弯,而且自己颤抖起来(她后来如此描述),下一分钟她便发现自己竟然正在走进房门。

"哦,这真是太糟糕了!"她叫喊着,"我从来也没有看见过像这样的挡道碍事的房子!从来也没有!"

不过,那座山清清楚楚地呈现在那里,因此除了重新开始以外,没有别的办法。这一次她碰到的是一个大花坛,花坛边上种着雏菊,中央长着一棵柳树。

"哦,卷丹花[①]!"爱丽丝招呼正在风中优美地摇着身子的一枝卷丹花说,"我希望你能讲话。"

"我们是能讲话的,"那枝卷丹花说道,"要是有谁值得我们交谈的话。"

[①] 卷丹花(tiger-lily),百合科植物。夏季开花,橘红色,有紫黑色斑点,花丝细长。

爱丽丝惊讶得一时间说不出话来,那枝花真是把她吓得目瞪口呆了。到后来,看到卷丹花只不过继续摆来摆去,她又说话了,声音是小心翼翼的——几乎是耳语:"所有的花都能说话吗?"

"就像你能说话一样,"卷丹花说,"而且声音响得多。"

"你知道,由我们开始说话是不合规矩的,"一株蔷薇说,"我刚才真的在想,你什么时候开口说话!我心里对自己说:'她的脸看起来还有点儿意思,虽然那不是一张聪明的脸!'尽管如此,你的颜色很正常,这一点大有用处。"

"我不在乎什么颜色不颜色,"卷丹花发表意见,"只要她的花瓣儿再向上卷那么一点点,她就很完美了。"

爱丽丝不喜欢被人家评头论足,因此她开始问问题:"你们被栽种在这外面,没有人照看,有时候是不是会害怕呢?"

"花坛中央有一棵树,"蔷薇说,"它除了照看我们以外,还有什么别的用处呢?"

"不过,要是有什么危险来了,它能够干什么呢?"

"它能够吠叫!"蔷薇说。

"它叫'汪汪'!"雏菊大声说,"这就是为什么它的树枝叫作棒棒!"①

"你不知道这事吗?"另一枝雏菊大声说。这时,它们开始一齐呼喊起来,直到空气中似乎充满着细细的震颤声。"你们大家都静下来!"卷丹花说,冲动地把身子摇过来摆过去,还激动地颤抖着。"它们知道我抓不着它们!"它喘着气说,把抖动的头向爱丽丝低下来,"否则它们绝不敢那样做!"

"别放在心上!"爱丽丝用一种安慰的声调说,然后弯下腰来对着刚刚准备再开始呼喊的雏菊压低嗓子说,"如果你们不管住你们的舌头,我就要把你们连根拔掉!"

一下子变得静寂无声,有几株粉红色的雏菊脸色变得煞白。

"这才对啦!"卷丹花说,"雏菊是所有花之中最坏的。只要一株花说话,它们大家就一齐说开了,听着它们这样闹下去,足够叫人凋零萎谢的!"

"你们全都能说得这么好,这是怎么回事呢?"爱丽丝说,希望用一句恭维的话使它的心情好一些,"我以前到过许多花园,但是没有一种花能够说话。"

---

① "吠叫"的原文是bark,又作树皮解。"汪汪"的原文是Bough-wough,狗叫的象声词,但是bough又作树的粗枝解。"树枝"的原文是branches。"棒棒"的原文是boughs。这里,作者幽默地运用了一词多义的语言现象。

"把你的手放到地上去摸摸,"卷丹花说,"这样你就会知道是什么原因了。"

爱丽丝照做不误。"地很硬,"她说,"然而我看不出来这跟那事究竟有什么关系。"

"在大多数花园里,"卷丹花说道,"他们把花坛弄得太松软了——以至于花老是昏睡不醒。"

听起来这句话合情合理,爱丽丝很高兴懂得了这件事。"这我过去从来都没有想到啊!"她说。

"这是我的意见:你根本从来都不思考。"蔷薇用相当严厉的口气说。

"我从来没有看见过任何人比她更愚蠢的了!"一枝紫罗兰说,这句话来得那么突然,以致爱丽丝差不多跳了起来;因为它先前没有开过口。

"管住你的舌头!"卷丹花喊道,"好像你曾经看见过任何人似的!你把头藏在叶子下面,在那儿呼呼大睡混日子,弄得除了知道自己是不是个蓓蕾以外,根本不知道这个世界上正在发生什么事情!"

"这座花园里除了我之外还有任何别的人吗?"爱丽丝问道,她不想理会蔷薇最后那句评论。

"这座花园里另外有一朵花能够像你一样走来走去,"蔷薇说,"我很奇怪,你是怎么做到这一点的——"("你一辈子都在奇怪,"卷丹花说。)"不过她比你毛发浓密得多。"

"她像我吗?"爱丽丝急切地问,因为她心中掠过一个想法,"这座花园里的什么地方还有一个小姑娘,是吗?"

"嗯,她跟你一样,外形很难看,"蔷薇说,"不过她颜色比较红——她的花瓣比较短,我认为。"

"那些花瓣包扎得很紧,就像一朵大丽花,"卷丹花说,"不像你的花瓣那样蓬蓬散散的。"

"不过这不是你的错,"蔷薇好心地接口说,"你知道,你正在开始憔悴——再说谁也没有办法不让自己的花瓣变得有些乱。"

爱丽丝一点儿都不喜欢这种想法,因此,为了改变话题,她问道:"她会不会在这儿出现呢?"

"我敢说你马上就会见到她了,"蔷薇说,"你知道,她是那种有九根尖刺的东西。[①]"

"她在哪儿戴着这些东西呢?"爱丽丝怀着一些好奇心问道。

"嘿,当然啦,在她头上绕一圈,"蔷薇回答说,"我刚才还

[①] 九根尖刺指书中国际象棋棋子红王后的王冠上有九根尖三角形的装饰。

在奇怪你怎么没有那种东西。我还以为那是正式的规定呢。"

"她来啦！"飞燕草喊道，"我听见她的脚步声：嚓，嚓，嚓，嚓。沿着沙砾小路走过来了！"

爱丽丝急切地环顾四周，却发现原来是红王后。"她长大了许多许多！"这是爱丽丝的第一句话。红王后的确是长大了：爱丽丝当初在灰烬里发现她的时候，她只有三英寸高——可是现在的她呀，比爱丽丝本人还高出半个头呢！

"那是新鲜空气使她长高的，"蔷薇说，"在户外，空气好得不得了。"

"我想我得走过去见见她。"爱丽丝说，因为，尽管鲜花们都是够有趣的，她还是觉得去跟一位真正的王后说说话要伟大得多。

"你不可能做到这一点，"蔷薇说，"我建议你走另外一条路。"

这句话在爱丽丝听来等于废话，所以她一言不发，立刻抬起脚向红王后走去。令她吃惊的是，只一转眼工夫红王后就在眼前消失了，她却发现自己又在走进前门。

爱丽丝有一点儿恼火，退了回来。在各处寻找这位王后之后（她终于侦察到这位王后待在很远的地方），她想自己这一次应该

第二章 活的花卉大花园 *035*

试试这个方案,即朝相反的方向走。

这个方案很漂亮地成功了。她走了还没有一分钟就发现自己跟那位红王后面对面站在一起,同时,她曾经向往了很久的那座小山也尽收眼底。

"你是从哪儿来的呀?"红王后问道,"你要到哪儿去呀?抬起眼睛看着,好好地说话,不要一刻不停地捻弄手指头。"

爱丽丝对这些指示都一一照办,并且尽力解释说,自己迷路了。

"我不明白你说你的路是什么意思,"红王后说,"这一带所有的路都是属于我的——不过你究竟为什么到这儿来?"她用一种较为亲善的语气加了后面一句话,"你在琢磨要说什么话的时候就行个屈膝礼,这样节省时间。"

爱丽丝对这一点有些疑惑,但是她太敬畏这位王后了,都不敢不信这句话。"下一次,在我回家吃晚饭迟到一会儿的时候,"爱丽丝心中想着,"我打算试试看。"

"现在是该你回答的时候啦,"红王后看了看她的表,说道,"把你的嘴巴张大一点儿说话,并且要把'陛下'一直挂在嘴上。"

"我只不过想瞧瞧这座花园是什么样子,陛下——"

"这就对啦,"红王后说着拍拍她的头,爱丽丝完全不喜欢她这样做,"不过,你说到'花园'——我曾经见到过好多花园,跟那些花园比较起来,这座不过是荒园罢了。"

爱丽丝不敢争辩这一问题,只得继续说:"——而且我想要试试看,寻找一条通到那个小山顶上的道路——"

"你说到'山',"红王后打断她的话,"我能够带你看许多小山,跟那些山比较起来,你就会把这座山叫作谷。"

"不,我不会的,"爱丽丝说,她突然反驳起红王后的话来,"你知道,一座山不可能是一个谷。这是一句废话——"

红王后摇摇头。"只要你高兴,你尽可以把这叫作'废话',"她说,"不过我曾经听到过废话,和那种废话比较起来,这一种就会像一本字典一样有道理!"

爱丽丝又一次行了屈膝礼,因为她害怕王后的声调,那声调表明她已经有点儿恼怒。于是她们两个闷声不响地并肩走着,一直走到那座小山顶上。

有好几分钟,爱丽丝一言不发地站在那儿,朝乡村的四面八方望去——那是最最稀奇古怪的乡村。有若干条小小的溪流从这一边笔直地流到那一边,溪流之间的土地被若干小小的绿色树篱分隔成一个个小方块,树篱则从这一条小溪边连到那一条小溪边。

"我要说，那片土地被划分得真像是一个大棋盘！"爱丽丝终于喊道，"那儿应该有些人在什么地方走来走去的——哦，是有人在走！"她用惊喜的声调加了这句话，她往下说的时候，心脏开始激动地怦怦直跳。"你知道，这儿在玩极其巨大的国际象棋游戏——大到整个世界——如果这就是个世界的话。哦，多么有趣呀！我多么希望自己是其中一员啊！我不在乎做一个小卒，只要我能够参加——不过，我当然最最喜欢做一个王后啦。"

她说出这一想法的时候，相当难为情地对那位真正的王后瞟一眼，但是这位伙伴只不过喜滋滋地笑笑，说道："这是容易办到的事。如果你愿意，你可以做白王后的小卒，因为莉莉年纪太小，不会玩儿。你从第二方格开始；等到你到达第八方格的时候，你就是一个王后了[①]——"就在此时此刻，不知是何原因，她们俩开始奔跑起来。

爱丽丝事后回想此事，怎么也弄不明白她们是怎样开始的。她记得起来的只是她们手牵手奔跑着，那位王后跑得那么快，她能够做到的仅仅是跟上她而已。而那位王后还不断地直嚷嚷：

[①] 按照国际象棋规则，小卒如果走到对方底线就可以升做王后。

"再快些！再快些！"爱丽丝觉得自己无法跑得更快了，可是她连说出这个感觉的力气都没有。

这件事情的最最奇怪之处是：她们四周的树木，以及其他的东西，竟然一点儿都没有改变它们的位置，不论她们奔跑得多么快，她们看来绝没有跑过任何东西。"我怀疑那些东西是不是全都跟着我们移动啊？"可怜的迷惑不解的爱丽丝这样想。红王后似乎猜出了她的心思，因为她叫喊着："再快些！别想着说话！"

爱丽丝一点儿都没有想说话的念头。她觉得自己仿佛永远不能再说话了，她被弄得上气不接下气，受不了啦，可是那位王后依然在叫喊："再快些！再快些！"拽着她一起跑。"我们快到那儿了吗？"爱丽丝终于设法喘着气问道。

"快到那儿了！"红王后学着说了一句，"嘿！十分钟之前我们就经过那儿了！再快些！"于是她们不声不响地继续奔跑，风在爱丽丝的耳朵里嘘溜嘘溜地叫，她觉得几乎把她的头发都从头上刮走了。

"嘿！嘿！"红王后大声叫着，"再快些！再快些！"她们跑得那么快，到后来似乎在空气中飞掠而过，双脚简直没有碰到土地。正在爱丽丝快要筋疲力尽的时候，她们忽然停了下来，爱丽丝发现自己跌坐在地，气喘吁吁，头晕目眩。

红王后把她扶起来，靠在一棵树上，和颜悦色地说："现在，你该休息一会儿了。"

爱丽丝茫然四顾，非常惊讶："哎，我真的相信，这整个时间里我们都一直待在这一棵树底下啊！每一件东西都跟刚才一模一样啊！"

"当然是这样的啦，"红王后说，"你认为该怎么样呢？"

"嗯，在我们的国家里，"爱丽丝说，她仍然有点儿气喘，"你一般会来到别的什么地方——如果你像我们刚才那样长时间地飞快地奔跑的话。"

"一种慢吞吞的国家呀！"红王后说，"喂，你瞧，在这里，要想停留在原地的话，就得用出你全部的力量拼命跑。要想到别的什么地方去的话，你必须比刚才更加倍地快跑！"

"谢谢啦，我宁可不去尝试！"爱丽丝说，"待在这儿我很满意——只不过我感到太热，口渴！"

"我知道你喜欢什么！"红王后和蔼地说，从衣袋里掏出一个小盒子，"吃一块饼干怎么样？"

爱丽丝觉得，要是说"不"的话那会是不礼貌的，虽然那完全不是她想要的东西。她拿了一块饼干，勉强吃起来，觉得太干硬了，她生平从来也没有像这样被噎过。

"在你吃点心恢复精神的时候,"红王后说,"我就来测量测量。"她从衣袋里掏出一根标有英寸度量的缎带,开始量地皮,同时在各处插上小木桩。

"在两码到底的地方,"她说,同时插了一根木桩来标明距离,"我将把你的方位告诉你——再要一块饼干吗?"

"不要,谢谢你,"爱丽丝说,"一块已经足够啦!"

"我希望,你已经解渴了吧!"红王后说。

对此,爱丽丝不知道说什么好,不过幸运的是红王后并不等待一个回答,而是继续说下去。"在三码到底的地方,我会重复讲一遍——以免你忘记它们。在四码到底的地方,我将说再会。在五码到底的地方,我就会消失不见了!"

这时候,她已经把所有的木桩都插好了,爱丽丝带着极大的兴趣看她走回这棵树,然后开始慢慢沿着那一排木桩走去。

在标着两码的木桩那儿,她回过头来,说道:"你知道,小卒在走第一步棋的时候走两个方格[①],所以你会很快地穿过第三个方格——我想是乘火车穿过——接着你会发现自己立刻来到

[①] 按照国际象棋规则,小卒起步时走两格,然后每次向前或向左或向右走一格,不可后退。吃对方棋子时则必须斜行一格。

第二章 活的花卉大花园

第四个方格。嗯,那个方格是属于特维德顿和特维德地[1]的——第五个方格大部分是水——第六个方格是属于汉普蒂·邓普蒂[2]的——你怎么不说话?"

"我——我不知道自己该说什么——刚才。"爱丽丝结结巴巴地说。

"你应该说,"红王后用严肃的谴责口吻继续说,"'你真是太好了,对我说了这一切。'——不过,我们就算这话已经说过了吧——第七个方格全部是森林——不过,有一个骑士[3]将会给你指路——然后在第八个方格,我们就将一同成为王后了,那就是大喜大庆、其乐无穷的时刻!"爱丽丝站起身来,行了个屈膝礼,重新坐下来。

在下一个木桩那儿,红王后又转过头来,这一次她说:"在你对一件东西想不起英文是什么的时候,你就说法语[4]——走路

---

[1] 特维德顿和特维德地原文为 Tweedledum and Tweedledee,是作者卡罗尔在此书中创造的两个人物,详见第四章。后来这两个人名已作为词组收入词典中,作难以区别的两个人或两件事物解。

[2] 汉普蒂·邓普蒂原文为 Humpty Dumpty,是矮胖子之意,也指倒下去便爬不起来的人,或损坏后便无法修复的东西。来源于一首英国童谣,讽咏一个从墙上摔下跌得粉碎的蛋形矮胖子。详见本书第六章。

[3] 国际象棋中的"骑士",我国称为马。见前注。

[4] 说法语,有人认为是指国际象棋中的术语 en passant(吃过路兵)。

的时候脚尖朝外^①——还要记住自己是谁！"这一次，她没有等待爱丽丝行屈膝礼，而是快速地继续走到下一个木桩那儿，在那儿她转过头就一会儿工夫，说声"再见"，然后急急忙忙走到最后一个木桩。

事情是如何发生的，爱丽丝永远也不知道，但是确确实实，在她来到最后一个木桩的时候，红王后已经不见了。她究竟是消失在空气之中，还是飞快地跑进了树林之中（爱丽丝想："她能够跑得非常快！"），可无法猜测。然而她不见了，爱丽丝想起来，自己是个小卒子，马上就到该她走的时候了。

---

① 走路的时候脚尖朝外，有人认为是指小卒斜行至右边或左边的方格。

第二章 活的花卉大花园

第三章

镜中昆虫

当然啦，首先要做的事便是对她正要穿越而过的乡村做一番全面的勘察。"这件事有些像学习地理，"爱丽丝心里想，她踮起脚，希望能够看得远一点儿，"主要河流——一条也没有。主要山脉——我正站在这唯一的一座山上，但是我想它没有名字。主要城镇——哎呀，那些正在那儿采蜜的生物是什么呀？它们不可能是蜜蜂——你知道，没有人能在一英里之外看见蜜蜂的——"于是她一声不响地站立了一会儿，眼睛盯视着它们之中的一个，它正在花丛里忙忙碌碌，把它的长鼻子伸进去，"就好像是一只正规的蜜蜂。"爱丽丝这样想道。

可是，这个东西怎么说也不是一只正规的蜜蜂。说实在的，它是一头大象——正如爱丽丝马上发觉的，虽然这一想法开始之际便使她自己大吃一惊。"那些花朵一定是多么巨大呀！"这是她的第二个想法，"像是掀去了屋顶的一些农舍，里边插着许多花茎——它们一定产出了不少分量的蜜汁啊！我想我得下山去,并且——不行,此刻我还不能去。"她继续说,正要开始跑下山去的时候,她止住了脚步,并且试图为自己这样突然地变得胆怯起来找个借口。"下山跑到它们中间而手里不拿一根相当长的树枝把它们赶走,这可绝对不行——而且,要是它们问我是否喜欢这次散步的话,那会是多么滑稽啊。我会说:'哦,还不错,我相当喜欢——'"说到这里,爱丽丝做了她偏爱的把头微微一摆的动作,"只不过灰尘太多,天气太热,还有那些大象老是逗弄人!"

"我想我该从另一条路往下走,"她停顿了一会儿之后说,"也许我不妨在今后拜访大象。此外,我确实很想走进第三个方格!"

于是,她以此为借口,跑下小山,跳过那六条小溪的第一条。

①

"车票,对不起!"列车员招呼说,他把头伸进窗口。一会儿工夫,每个乘客都举着一张车票,车票大小大约跟本人一样,

---

① 本书原文多处出现这样两个方格,方格似暗示国际象棋的棋盘。

看起来把车厢都塞满了。

"喂喂!小朋友,把你的车票拿出来!"列车员继续说,他凶狠地瞧着爱丽丝。同时许多许多声音一齐嚷起来("就像一首歌的大合唱!"爱丽丝心想):"小朋友,不要让他久等!哎,他的时间一分钟要值一千英镑!"

"恐怕我没有车票,"爱丽丝惊恐地说,"我来的那个地方没有售票处。"于是大合唱又响起来了:"她来的那个地方没有空间造一个售票处。那儿的地皮一英寸要值一千英镑!"

"不要找借口,"列车员说,"你应该从火车司机那儿买一张。"这时异口同声的大合唱又继续说道:"就是那个开火车头的人。哎,单单是冒的烟,一喷就值一千英镑!"

爱丽丝心想:"这样看来,张口说话是没有用的。"这一次,因为她没有说话,众人的声音也就没有参加进来,可是,真叫她惊讶得很,他们全体用思想大合唱(我希望你能明白什么叫作思想大合唱——因为我必须承认,我可不懂):"最好什么也不说。语言的一个字要值一千英镑!"

"今天夜里我准会梦见一千英镑了,我知道我会的!"爱丽丝心想。

在这段时间里,那个列车员一直望着爱丽丝,开始用望远镜

第三章 镜中昆虫　　*049*

望,然后用显微镜望,再后来用观剧镜望。最后,他说:"你乘错车啦!"就关上车窗,径自走开了。

"这么年轻的孩子,"坐在她对面的那位绅士说(他穿了用白纸做成的衣服),"即使她不知道自己的名字,也应该知道自己正在上哪儿去呀!"

坐在这个白衣绅士旁边的是一头山羊,它闭着眼睛,大声说道:"即使她不认识字母表,也应该知道去售票处的路呀!"

坐在山羊旁边的是一只甲壳虫(这整个儿是非常奇怪的一车厢旅客),而且,似乎有那么一条规则,即旅客都要轮流发言,因此它接着说:"那么她必须像行李一样从这里被送回去啦!"

爱丽丝看不见谁坐在甲壳虫的那一边,但是下一个说话的是一个沙哑的声音。"换车——"它说,但是一下子噎住了,不得不就此打住。

"听起来像是一匹马。"爱丽丝心里这样想道。这时一个极其轻微的声音在她耳边说:"你可以对此开个玩笑——你知道,一件关于'马'和'沙哑'①的事。"

这时一个非常文雅的声音在远处说:"你知道,她必须被贴

---

① 马的原文为 horse,沙哑的原文为 hoarse,两者读音差不多。

上标签:'少女,小心轻放!'——"

这句话之后,其他的声音接下去("车厢里有这么多人啊!"爱丽丝心想。)说道:"她长着一个脑袋,所以必须邮寄走——""她必须像一条电文那样由电报发出去——""剩下的一段路她必须自己拖着火车走呀——",等等。

不过那位穿白纸服装的绅士倾身向前,对着她的耳朵悄声说道:"亲爱的,不要在乎他们所有人说些什么,不过火车每次停下来你都要去买一张来回票。"

"说真的我可不干!"爱丽丝很不耐烦地说,"我根本不属于这次铁路旅行——我刚才身在一片森林里——我希望我能回到那里去!"

"你可以在这句话上开个玩笑,"那个细小的声音贴近她的耳朵说,"你知道,那句关于'要是你能干你就会去干'[①]。"

"别这样戏弄人,"爱丽丝说,她四面看看,想知道声音是从哪里来的,但是发现不了;"如果那么渴望来个玩笑,那么你为

[①] 上一句"我希望我能"的原文是 I wish I could。下一句"要是你能干你就会去干"的原文是 You would if you could。英文中还有 You(I)could if you(I)would(你/我想干就能干成)。这两句都是虚拟语,在实际上不能做或不愿做的时候说的。这里是用这句可以翻来覆去的话开玩笑。

第三章 镜中昆虫　051

什么不自己开一个呢？"

那个细小的声音深深地叹了一口气。它显然非常不开心，爱丽丝本来想只要它会像别人那样叹气，她就会说些同情的话来安慰它。然而这是细小得出奇的叹气声，要不是它靠她的耳朵很近，她根本连听也不会听见。其结果是它把她的耳朵弄得痒得不得了，根本不去想这个可怜的小东西在不开心。

"我知道你是一个朋友，"那个声音继续说，"一个亲爱的朋友，一个老朋友。你不会伤害我的，虽然我是一只昆虫。"

"哪一种昆虫呢？"爱丽丝有点儿急切地探询。实际上她想知道的是它会不会叮人，不过她觉得，提出这个问题，将不会很有礼貌。

"啥呀，那么你不——"那细小的声音正要开始说的时候，火车头发出一阵刺耳的尖叫声，把那声音淹没了。所有的人都惊慌失措地跳起来，爱丽丝也是其中之一。

那匹马原先把脑袋伸出窗外，这时不慌不忙地缩回来，说道："不过是前面有一条小溪，我们不得不跳过去。"听到这样说，大家似乎都感到满意，不过爱丽丝想到一列火车竟然要跳起来，不免觉得有点儿紧张。"可是，火车要把我们带到第四个方格，这是有些令人欣慰的事啊！"她暗自思量。接下来她就感到这节车厢笔直地腾空而起,她在惊吓之中抓住离手边最近的东西,碰巧是那头山羊的胡子。

可是她一碰到山羊胡子,胡子似乎就融化了,而她发现自己正静静地坐在一棵树下——这时候,那只蚊虫(因为它就是爱丽丝刚才与之交谈的那只昆虫)正停在她头顶上的一根细树枝上,忽左忽右地平衡身子,同时用翅膀为她扇风。

它无疑是一只非常巨大的蚊虫——"大约有一只小鸡那么大。"爱丽丝心里想。不过,他们既然已经交谈了好长时间,她便不可能对它感到紧张了。

"——那么你不喜欢所有的昆虫啦?"蚊虫继续说,平静得仿佛什么事也没有发生过。

"它们能够谈话的时候我就喜欢,"爱丽丝说,"我来的那个地方可没有一只昆虫会谈话。"

"在你来的那个地方,哪一类昆虫是你喜欢的呢?"蚊虫探问道。

"我根本就不喜欢昆虫,"爱丽丝解释说,"反之,我害怕它

第三章 镜中昆虫

们——至少是那些大的。不过我能够告诉你有些昆虫的名字。"

"它们听到自己的名字当然会答应吧?"蚊虫心不在焉地谈论说。

"我从来都不知道它们会这么做。"

"如果它们不会答应自己的名字,"蚊虫说,"那么有名字又有什么用呢?"

"对它们来说没有用,"爱丽丝说,"但是对于替它们起名字的人有用,我想。否则,各种东西究竟为什么要有名字呢?"

"我说不清楚,"蚊虫回答说,"再往前,在树林里的那一头,它们都没有名字——不管怎么说,你继续报报你的昆虫名单吧!你在浪费时间呢。"

"好吧,有马蝇[①]!"爱丽丝开始说,一边在手指上记着这些名字。

"不错,"蚊虫说,"在那丛矮树的半高处,如果你注意,就会看见一个马蝇摇马。它完全是用木头做的,把自己从这根树枝摇到那根树枝,用这个办法到处走动。"

"它靠吃什么东西过活呢?"爱丽丝带着很大的好奇心问道。

---

① 马蝇(horse-fly),一种虻科昆虫,能附着在牛、马等牲畜身上,吸它们的血。

"树汁和锯木屑,"蚊虫说,"把名单说下去。"

爱丽丝瞧着那个马蝇摇马,深感兴趣,并且在心中认定它刚刚重新油漆过,因为它看起来是那么油光水亮、又黏又腻的。这时,她继续说下去。

"还有蜻蜓。"

"看看你头顶上的那根树枝,"蚊虫说,"你会发现那儿有一只金鱼草蜻蜓。它的身体是用葡萄干布丁做的,它的翅膀是用冬青树叶做的;它的头则是一颗在白兰地酒中燃烧的无核葡萄干。①"

"那么它靠吃什么为生呢?"爱丽丝像先前一样问道。

"吃香甜牛奶小麦粥和碎肉馅饼,"蚊虫回答说,"它还在圣诞节礼品盒子里做窝。"

"然后还有蝴蝶。"爱丽丝继续说。在这之前,她仔仔细细地看了那只头上冒火焰的昆虫,心中暗自思忖:"我不知道这是否就是昆虫们都喜欢飞到烛火里去的原因——因为它们都想要变成金鱼草蜻蜓啊!"

---

① 蜻蜓的原文是 dragon-fly;金鱼草是一种植物,原文是 snap dragon。作者把这两种不相干的生物,因为字面上的相关,拼成 snap-dragon-fly,就变成滑稽的金鱼草蜻蜓。在英文中 snap dragon(抢龙)又是一种游戏。玩法是在盘子中放置葡萄干和白兰地酒。将酒点燃后,人们抢吃其中的葡萄干。因而这里作者如此描写他创造出的所谓金鱼草蜻蜓。

第三章 镜中昆虫

"用你的脚慢慢爬[1],"蚊虫说(爱丽丝有点儿惊慌地把双脚缩回去),"你可以观察到一只面包-黄油-飞虫[2]。它的翅膀是涂着黄油的面包薄片,它的身体是一块干面包片,它的头是一块方糖。"

"那么它靠吃什么为生呢?"

"加奶油的淡茶。"

一个新的问题钻到爱丽丝的头脑里来。"假如它找不到那种食物该怎么办呢?"她提出来。

"那么当然啦,它就得死。"

"不过那一定是经常发生的事。"爱丽丝沉思着说。

"那是一直在发生的事。"蚊虫说。

交谈之后,爱丽丝沉默了一两分钟,思前想后。蚊虫在这期间嗡嗡叫着,绕着她的头飞了一圈又一圈,自得其乐。最后它重新安定下来,说道:"我猜想,你不愿意失去你的名字吧?"

"不愿意,真的!"爱丽丝有点儿焦急地说。

---

[1] 这里是蚊虫把爱丽丝当作昆虫了,所以叫她慢慢爬。
[2] 蝴蝶原文是 butterfly,拆成两个词是 butter(黄油)和 fly(飞虫)。涂黄油的面包是西方人日常必需的食物。这里作者再加上面包,蝴蝶就变成了面包-黄油-飞虫。

"然而我却不明白，"蚊虫用一种漫不经心的语调继续说，"要是你能够想办法让自己在回家的时候没有名字，那会是多么方便的事啊！比如说，如果你的家庭女教师想叫你去做功课，她会叫喊：'来呀——'叫到这里她就不得不住口，因为不会有任何名字让她叫了，那么当然咯，你知道，你就不必走过去啦。"

"我敢肯定，这绝对不行，"爱丽丝说，"家庭女教师绝不会想到为此而免去我的功课的。如果她想不起我的名字的话，她会叫我'小姐'的，仆人们就这样叫我。"

"好，如果她说了'小姐'，而没有说任何更多的话，"蚊虫评论说，"当然你可以'消解'①你的功课。这是一句玩笑话。我希望你曾经说过。"

"你为什么希望我曾经说过呢？"爱丽丝问道，"这是一个非常恶劣的笑话。"

但是蚊虫只不过深深地叹了一口气，同时两颗大泪珠沿着它的脸颊滚下来。

"要是玩笑使你如此不开心的话，"爱丽丝说，"你就不应该

---

① 小姐的原文是 miss，这个词又可作动词失落或免去解。这一句的原文是 Of course you'd miss your lessons，这里用"消解"译 miss，与"小姐"谐音，希望多少表达出 miss 的双关含义。

第三章　镜中昆虫　　*057*

开玩笑。"

于是又传来了一声细小的忧郁的叹息,而这一次,那个可怜的蚊虫似乎真的把自己叹息得无影无踪了。因为,爱丽丝抬头看的时候,无论怎么看,那根细树枝上都没有东西。她静静地坐着,坐得太久,感到身上凉飕飕的,便站起来,向前走去。

只一会儿工夫,她便来到一块开阔地,地的那一头有一片树林,那片树林看来比先前那一片要幽暗得多,爱丽丝觉得有点儿胆怯,不敢走进去。不过,她转念一想,便下定决心要走过去,"因为我肯定不能往回走。"她暗自思量,而且这是通往第八个方格的唯一一条道路。

"一定就是这片树林了,"她心中翻来覆去地考量着,"那里的东西都没有名字。我不知道,要是我走了进去,我的名字会变成什么样子呢?我完全不希望丢失它——因为这样一来,他们就不得不给我再取一个了,几乎可以肯定那是个难听的名字。不过另一方面,设法寻找使用我原有的名字的那个生物,将会是多么有趣啊!你知道,正像人们丢狗的时候登的广告那样——'它的名字叫得嘘[①],脖子上有一个铜圈'——想想看吧,碰见每一样东

[①] 原文是 Dash,意为"猛冲",这里用音译。dash 又有"破折号"之意。

西都叫它'爱丽丝',直到其中一个回答你!只不过如果它们是聪明的,它们就根本不会回答。"

她来到树林里的时候就这样徘徊着。树林看来非常阴凉幽暗。"嗯,不管怎么说这是极其愉快的事,"她走在树荫下的时候说,"刚才那么炎热,现在走进了——走进了——进了什么呀?"她继续说道,却很惊讶想不起那个词儿来了。"我的意思是来到这下面——这下面——这下面,你明白!"她把手放在树干上,"它究竟怎样称呼它自己呢?我真不懂。我相信它没有名字——哎,它肯定没有啊!"

她默不作声地站了一会儿,想来想去。然后她忽然又开始说:"那么,归根结底,事情真的已经发生啦!如此说来,我是谁呢?要是我能够的话,我一定能回忆起来!我下定决心要做到!"但是下定决心并没有给她什么帮助,在绞尽脑汁想了半天之后,她所能说的也只不过是:"L,我知道那是 L 开头的[1]!"

正在此时,一头小鹿漫游经过这里,它那双温柔的大眼睛瞧着爱丽丝,但是一点儿也没有害怕的样子。"过来!过来!"爱

---

[1] 爱丽丝的全名是爱丽丝·里德尔(Alice Liddell),因此这里说是 L 开头。见《爱丽丝漫游奇境》。

第三章 镜中昆虫 *059*

丽丝叫唤它,同时伸出手试图抚摸它。但是它仅仅后退一步,然后站住,又瞧着她。

"你把自己叫作什么呢?"小鹿终于开口了。它的嗓音是多么温柔甜美啊!

"我但愿自己知道就好了!"可怜的爱丽丝心里琢磨。她颇为伤心地回答说:"在此刻来说,什么也不是。"

"这可不行,"它说,"你再想想看。"

爱丽丝便想了一下,可是什么也想不出来。"请教,你能告诉我,你把自己叫作什么吗?"她怯生生地说,"我想这可能有点儿帮助。"

"假如你再往前走一段路,我可以告诉你,"那头小鹿说,"在这里我无法回忆。"

于是他们一同在树林里走过去,爱丽丝爱恋地搂着那头小鹿的柔软的脖子。直到他们走出树林,来到另一片开阔地,在这里,小鹿忽然向空中跃起,从爱丽丝的臂弯里把头一晃便跳开了。"我是一头小鹿!"它用兴高采烈的声音喊叫着,"而你,哎呀!你是一个人的孩子!"那双美丽的棕色眼睛忽然露出惊恐的神色,于是一转眼工夫它已经像箭一样全速跑掉了。

爱丽丝站在那儿眼睁睁地瞧着它,如此突然地失去了她的亲爱的小旅伴,她十分懊恼,几乎要哭出声来。"不过,我现在知道自己的名字啦,"她说,"这是一点儿安慰。爱丽丝——爱丽丝——我不会再忘记了。现在呢,我应该按照这些指路牌的哪一块走下去呀?"

要回答这个问题并不很困难,因为只有一条路穿过这片树林,而两块指路牌都沿着那条路指着。"等到这条路分岔开来,两块牌子指着不同的道路,那时候,"爱丽丝心里打算着,"我再另作决定。"

但是这件事似乎不会发生。她走啊走,走了很长的路,不论这条路在哪儿分岔开来,都肯定有两块指路牌指着同一条路,一块上面写着"到特维德顿的寓所",另一块上面写的是"到特维德地的寓所"。①

"我完完全全相信,"爱丽丝最后说,"他们是住在同一幢房屋里的!我奇怪自己过去从来没有想到这一点——不过我不能长久待在那里。我只不过是访问一下,说一声:'你们好吗?'并且向他们打探走出树林的路。要是我能够在天黑之前赶到第八个方格就好啦!"因此她继续走着,一面走一面自言自语,直到在

---

① 书中特维德顿和特维德地是一模一样、难以区分的两兄弟。

第三章 镜中昆虫　　061

转过一处急转弯的地方,她正巧遇见两个矮胖的男人。这一下来得太突然了,她不禁惊吓得往后退,不过只一转眼工夫她就回过神来,觉得没错,他们一定就是那两位了。

第四章

特维德顿和特维德地

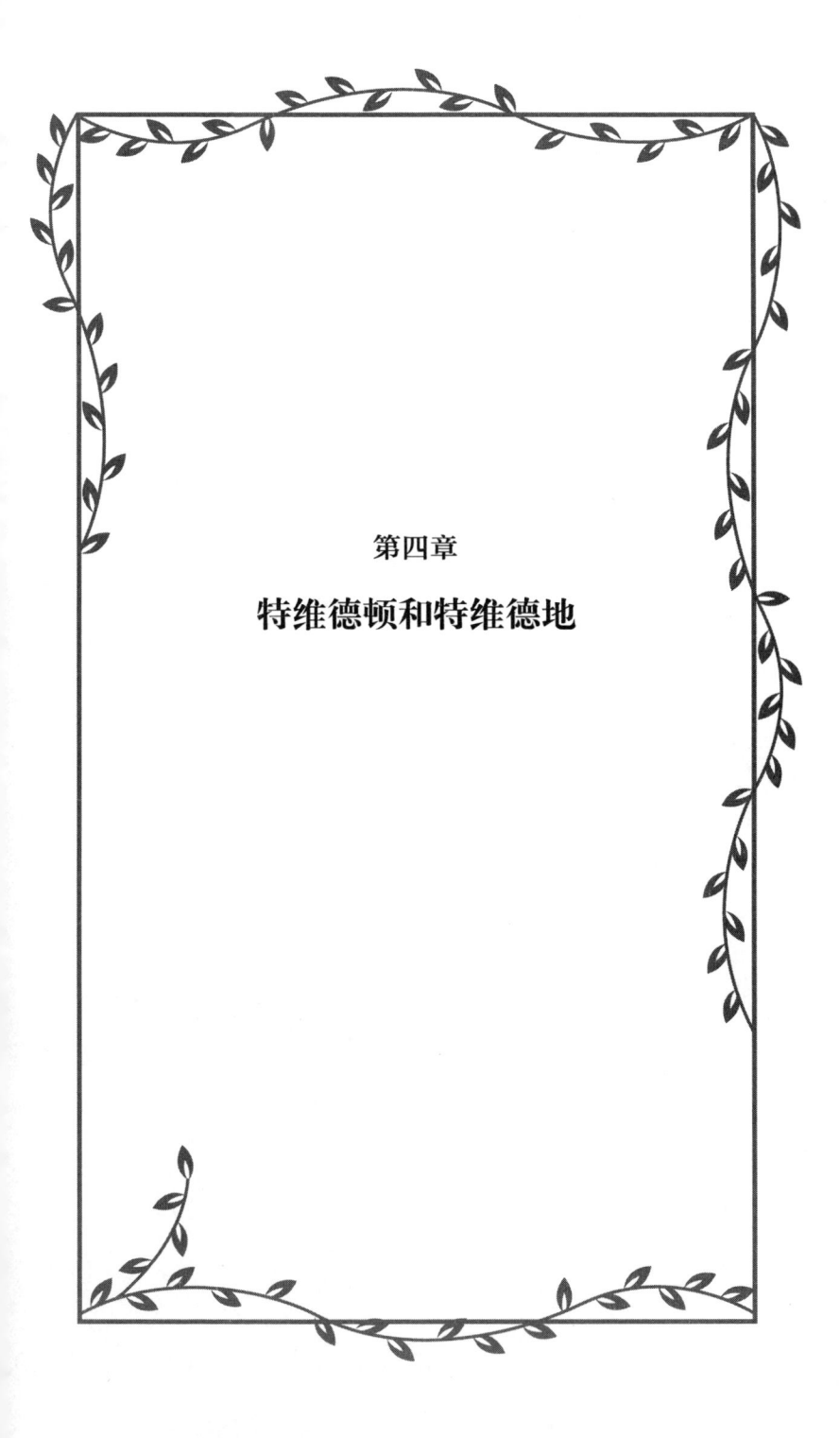

他们俩正站在一棵树下,彼此用一只手臂勾着对方的脖子,爱丽丝却立刻知道谁是谁,因为其中一个衣领上绣着"顿",另一个则绣着"地"。"我猜想,他们俩每个人的衣领后面都绣着'特维德',"她心中思量着。

他们俩就这样一动不动地站在那儿,让她完全忘记他们是大活人。她正要兜圈子走,去看看他们每个人的衣领后面是否绣着"特维德"的字样,这时候,那个标明"顿"的人发出的声音让她大吃一惊。

"如果你认为我们是蜡像的话,"他说,"你知道,你就必须付钱。[①] 蜡像做出来不是白白给人看,什么也不要的,绝不是!"

"反过来说,"那个标明"地"的人接着说,"如果你认为我们是活人的话,你就必须说话。"

---

① 伦敦有一所著名的图索德夫人(Madam Marie Tussaud, 1761—1850)蜡像陈列馆,收费供游客参观。这里可能暗指这所陈列馆。

"我实在非常抱歉,"爱丽丝只能说出这样一句话来,因为一首老歌的歌词一直在她的头脑里回响,就像钟表的滴答滴答声,她无法不高声背出来——

> 特维德顿和特维德地
>   双方同意打一场;
> 因为特维德顿说特维德地
>   把他的漂亮新玩具弄得不会响。
> 这时候飞下来一只大乌鸦,
>   黑得就像一只柏油桶;
> 把那两个英雄吓得叫啊呀,
>   就将争吵忘得无影踪。

"我知道你在想什么,"特维德顿说,"不过不是那样的,绝不是。"

"反过来说,"特维德地接着说,"假如曾经是那样的话,它也许曾经是;假如可能是那样的话,它可能是;不过因为它不是那样的,所以它就不是。这是逻辑。"

"我刚才是在想,"爱丽丝彬彬有礼地说,"走出这座树林,哪一条路最好。天色太晚了。请问，你们可以告诉我吗？"

不过那两个小胖子只是彼此望望，露齿而笑。

他们俩的样子完全像一对大学童，因此爱丽丝不禁伸出手指指着特维德顿，说："第一号男孩！"

"绝对不行！"特维德顿轻松活泼地叫喊着，打了一个响指，就又闭上嘴巴。

"下一个男孩！"爱丽丝说道，手指移向特维德地，虽然她觉得相当肯定，特维德地只会大叫一声："反过来说！"事实上果不其然。

"你开头就错了！"特维德顿喊道，"拜访人家的第一件事是说一声：'你好吗？'并且握握手！"这时，两兄弟互相拥抱，然后伸出两只不碍事的手来，跟爱丽丝握手。

爱丽丝不愿意先跟其中哪一位握手，因为怕伤害另一位的感情。因此，她同时握住了两只手，作为解脱困境的最好的方法。刚握了手，他们就开始跳圆圈舞。这情况似乎很自然（她后来想起），她甚至连听见音乐奏起也不感到吃惊：音乐似乎是从一棵树上来的，他们就在那棵树下跳舞。音乐是由（正如她所能理解的那样）一些粗树枝之间相互摩擦发出来的，就像小提琴琴弦跟琴弓那样。

第四章　特维德顿和特维德地　　067

"不过那确实很滑稽,"(爱丽丝后来对她的姐姐谈到这一切经历的时候说,)"我发现自己在唱着《我们绕着这里的桑树林转圈圈》[1]。我不知道自己是从什么时候开始唱的,但是不知怎么搞的,我总觉得自己好像已经唱了好长好长时间了!"

那两个舞蹈家太胖了,没多久便跳得气喘吁吁的。"一轮舞蹈绕四次圈圈就足够了!"特维德顿喘着气说,他们突然之间停止了舞蹈,就像刚才突然之间开始一样,音乐也在同一时候戛然而止。

于是他们放开了爱丽丝的双手,站在那儿打量她一会儿。因为爱丽丝不知道如何与她刚才一同跳舞的人开始谈话,他们于是就这样相当难堪地僵持着。"此时此刻说一声'你好吗?'是绝对不行的,"她暗自思忖,"我们似乎早已超越那种程度了!"

"我希望你们没有太累吧?"她终于这样说。

"绝对不会。非常感谢你这样问!"特维德顿说道。

"十分感激!"特维德地接着说,"你喜欢诗歌吗?"

"是——的,相当喜欢——某些诗歌,"爱丽丝犹豫地说,"劳驾你能告诉我出树林该走哪条路吗?"

---

[1] 英国儿童有一种"桑树林游戏",一面唱这首歌,一面转圈圈。

"我对她背诵什么才好呢?"特维德地说,转过头来用非常严肃的眼神望着特维德顿,毫不理会爱丽丝的问题。

"《海象和木匠》是最长的一首。"特维德顿回答,同时给他的弟弟一个热情的拥抱。

特维德地立刻开始背诵:

太阳正在照耀着——

这时爱丽丝斗胆打断他。"如果这首诗很长的话,"她尽可能彬彬有礼地说,"可否请你先告诉我哪条路——"

特维德地和蔼可亲地微微一笑,重新开始背诵:

太阳正在照耀着海洋,
　　发出最大的能量。
他使出所有的本领干,
　　使巨浪平滑明亮——
这种情况实在很稀罕:
　　因为是午夜时光。

月亮空中照,闷闷不乐意,
　　她觉得太阳没道理:
白天既然已经没踪迹,
　　他就不该在这里——
她说:"他煞风景破坏游戏,
　　如此粗鲁太无礼!"

海洋湿是湿得了不得,
　　黄沙干得不得了。
一片云彩你都看不到,
　　因为天上无云跑。
没有鸟儿飞过头顶上——
　　因为根本无飞鸟。

那头海象和那个木匠,
　　紧挨着闲荡在沙滩。
眼见黄沙漫漫似海洋,
　　哭成一副怪模样。
他们说:"要是把黄沙都弄掉,

那定会好得没话讲！"

海象说："七个女仆七拖把，
　　半年清扫除黄沙，
你想要是这样做的话，
　　她们能否搞完它？"
木匠说："我很怀疑此办法！"
　　说完辛酸泪一把。

"哦，牡蛎们，跟咱一块儿走一走！"
　　海象如此在恳求。
"愉快地行走，愉快地交流，
　　沿着大海长沙洲。
我们一共只有四只手，
　　一手只能挽一友。"

最老的牡蛎对他望一眼，

但是默默无一言。①
最老的牡蛎眼睛眨一眨,
　　　摇摇脑袋重似铅——
意思是说他无意去冒险,
　　　不想跟牡蛎养殖塘说再见。

然而四只年轻小牡蛎,
　　　急忙跑来表示同意。
外套洁无尘,脸儿净无泥,
　　　皮鞋光亮又整齐——
不过你知道,此事很稀奇:
　　　他们没有脚走地。

另外四个牡蛎跟着来,
　　　又有四个也跟来,
最后是大批纷至而沓来,
　　　更多,更多,又更多——

---

① 英语中,oyster(牡蛎)可喻为极少开口说话的人。这里显然隐含此意。

所有的小牡蛎站成一排，待在那儿且等候。

全都穿波越浪跳出来,
　　然后爬到岸上来。

那头海象和那个木匠,
　　走了一英里左右,
然后就近找了块石头,
　　他们坐下来小休。
所有的小牡蛎站成一排,
　　待在那儿且等候。

海象说:"时间已经来临,
　　来谈谈许多事情:
关于皮鞋呀——木船呀——封蜡①呀——
　　以及卷心菜——和——国王——
还有大海为何热气蒸——
　　猪长翅膀能不能。"

---

① 封蜡原文为 sealing wax,又译为火漆,旧时用来做信件等封口、打封印之用。海豹原文为 seal,转为动名词 sealing 又有"猎海豹业"的意思。

"不过等一等,"牡蛎们齐声叫,
　　"待一会儿再闲聊;
因为有些兄弟在喘气,
　　我们全都太肥了!"
"不必着急!"木匠说道。
　　他们感谢说他真好。

海象说:"我们最最需要,
　　就是一个面包。
此外则是酸醋和胡椒,
　　也都确实非常妙——
亲爱的牡蛎们如果准备好,
　　此刻就可以吃个饱。"

"可不要吃我们!"众牡蛎发声叫,
　　脸色有些转青,
"领受了你们的善意,
　　这将是十分悲惨的事情。"
海象说:"今夜天朗气清,

你们可要赏夜景？"

"承蒙来此地，你们真给脸！
　　你们全都很体面！"
木匠别的都不说，只是讲：
　　"再给咱们切一片。
我希望你们耳朵没有聋——
　　我已要求你们两遍！"

海象说："此事看来很可羞，
　　对他们耍了个大计谋。
我们把他们骗来如此远，
　　快溜快跑跟着走！"
木匠别的都不说，只是讲：
　　"黄油涂抹嫌太厚！"

海象说："我为你们伤心，
　　我表示深深同情。"
他一面抽泣一面挑选，

专拣最大的精品，
　　　还从衣袋中掏出手帕，
　　　　遮住泪汪汪的眼睛。

　　木匠说："哦，牡蛎们，已经有
　　　一次快乐的出游！
　　咱们要不要再往家中走？"
　　　但是听不见牡蛎开口——
　　此事没什么好奇怪，其理由：
　　　他们给吃得一个都不留。

　"我比较喜欢海象，"爱丽丝说，"因为他对可怜的牡蛎有一点儿感到抱歉。"

　"可是，他比木匠吃得多啊，"特维德地说，"你瞧他把手帕放在脸面前，这样木匠就无法数出他吃了多少牡蛎了——反过来说。"

　"这样做很卑鄙！"爱丽丝满怀愤慨地说，"那么我比较喜欢木匠——如果他吃的没有海象吃的那么多。"

　"不过他吃的是尽可能捞到的那么多啊！"特维德顿说。

这可是个难题了。想了一会儿,爱丽丝开口说:"嘿!他们两个都是非常令人讨厌的家伙——"说到这里,她因为受到某种惊吓而止住了。她听见靠近他们的树林里,好像有一个巨大的蒸汽机喷气那样对着她发出响声,不过让她害怕的是,那更像是一头野兽的声音。"这一带可有狮子或者老虎什么的吗?"她胆战心惊地问。

"那不过是红国王在打呼噜。"特维德地说。

"来,看看他去!"两兄弟嚷嚷着说,他们每人挽着爱丽丝的一只手,带她到那个国王正在睡觉的地方。

"他这样子不是很可爱吗?"特维德顿说。

爱丽丝可不这样认为。他戴着一顶红色的高睡帽,帽子垂着一绺流苏,他蜷成一团睡在那里,像是一堆邋里邋遢的东西,在呼噜呼噜地打鼾——"几乎要把脑袋都呼噜掉了!"正如特维德顿所评论的那样。

"他躺在这潮湿的草地上,我怕他会感冒的。"爱丽丝说,她是一个非常细心且体贴人的小姑娘。

"他现在正在做梦,"特维德地说,"你想他是在做什么梦呢?"

爱丽丝说:"没有人猜得出来。"

"嘿，是梦见你呀！"特维德地大声喊道，耀武扬威地拍着手，"如果他停止梦见你的话，那么你想你会在哪儿呢？"

"当然啦，就在我现在待的地方啊！"爱丽丝说。

"才不呢！"特维德地傲慢不逊地反驳说，"你会在子虚乌有的地方。嘿，你只不过是他梦里的一种东西而已！"

"如果那边那个国王醒过来的话，"特维德顿接口说，"你就会灭掉——砰！——就像一支蜡烛一样！"

"我决不会的！"爱丽丝愤慨地大声叫喊，"而且，假如我只不过是他梦里的一种东西，那么你呢？我倒想知道知道！"

"同样。"特维德顿说。

"同样，同样！"特维德地大声说。

他把这句话喊得这样响，以致爱丽丝不得不说一声："嘘！你要是弄出这么大的噪声，恐怕你要把他吵醒啦。"

"嗯，你的关于吵醒他的高论是没有用的，"特维德顿说，"你只不过是他梦里的一种东西而已。你知道得很清楚，你不是真实的。"

"我是真实的！"爱丽丝说，不禁哭了起来。

"哭是不会把你自己变得真实一点点的，"特维德地批评说，"也没有什么东西需要这么哭。"

"如果我不是真实的,"爱丽丝说——泪眼中半带着笑意,这一切看来太可笑了——"那么我就不可能哭啦。"

"我希望你不会认为那些眼泪是真实的吧?"特维德顿用极为轻蔑的口气插话说。

"我知道他们在胡说八道,"爱丽丝心里想,"要为此而哭泣就太愚蠢了。"因此她擦干眼泪,尽可能高高兴兴地说下去:"不管怎么说,我最好走出这片树林,因为天空真的非常暗了。你想会下雨吗?"

特维德顿张开一顶很大的伞遮住自己和弟弟,并且抬头望望。"不,我想不会下雨,"他说,"至少——这下面不会。绝不会。"

"不过也许伞外边会下雨呢?"

"也许吧,如果天要下的话,"特维德地说,"我们并不反对。正好相反。"

"自私的东西!"爱丽丝心想,她正要说一声"晚安",离开他们的时候,特维德顿一下子从雨伞下面蹦了出来,一把抓住她的手腕。

"你看见那个了吗!"他激动得嗓音哽咽,两眼一下子变得又大又黄,一根颤抖的手指指着一个横在树下的白色小东西。

"那不过是一个呱呱板罢了，"爱丽丝仔细地探查那个白色的小东西以后说。"你知道，那不是一条响尾蛇[①]，"她急忙加上一句，心里想到他是吓坏了，"只不过是一个旧的呱呱板——相当破旧。"

"我知道是这样的！"特维德顿大声说，疯狂地跺脚，还扯头发，"当然，是被弄坏的！"说到这里，他的眼睛盯着特维德地瞧。特维德地立刻跌坐在地上，并且试图把自己躲藏在那把雨伞下。

爱丽丝把手搁在特维德顿的手臂上，用抚慰的口气说："你何必为了一个旧的呱呱板发这么大的脾气。"

"不是旧的！"特维德顿叫起来，火发得更大了，"那是新的，我跟你说吧——我昨天才买来——我的漂亮的新呱呱板呀！"他的声音变成十足的尖叫。

在这整个时间里，特维德地都在拼命试图收拢这把雨伞，而他自己正待在伞内。这件事情做得太特别了，以至于把爱丽丝的注意力从那个发怒的兄弟身上吸引去不少。但是特维德地不很成

---

① 呱呱板是一种玩具，也作报警或助威之用，原文是 rattle；响尾蛇的原文是 rattle-snake。

第四章　特维德顿和特维德地　　081

功，结果是他翻了个身，被裹在雨伞里，只露出一个头来。他就那样躺着，嘴巴和大眼睛一下张开，一下合上——"这模样说什么也没有比说像一条鱼更好的了，"爱丽丝这样想道。

"你当然同意干一仗喽？"特维德顿用一种比较温和的口气说。

"我想是这样的，"另一个拉长着脸回答，他已经爬出了那把雨伞，"只不过她一定得帮助我们穿戴佩挂好。"

于是这两兄弟手搀手走进树林里去，一会儿又走回来，臂弯里抱着许多东西，比如枕垫、毛毯、炉边地毯、桌布、碟盖、盘罩以及煤斗等。"我希望你在使用别针和缚带子方面是一把好手？"特维德顿问道，"这些东西里的每一件都要想方设法穿戴起来。"

爱丽丝后来说，她这一生之中，从来也没有看到过事情做得如此乱七八糟的——像这对难兄难弟手忙脚乱的样子——把那么大量的东西直往身上放——给了她那么大的麻烦去缚带子和扣纽扣——"在他们一切准备就绪的时候，他们真的像两捆旧衣服！"在她用一个枕垫包住特维德地的脖子的时候，她暗自思忖："保护他的头不给人砍掉，就像他说的那样。"

"你知道，"他又非常严肃地说，"在战争中，这是可能发生在一个人身上的最严重的事情之一——人头落地。"

爱丽丝笑出声来,但是怕伤了他的感情,她设法改变成一声咳嗽。

"我的脸色发白吗?"特维德地说,他走上前来让她把他的头盔给系上(他把那东西叫作头盔,然而它看来实在是十分像一个带柄的小平底锅)。

"嗯——是的——有一点儿。"爱丽丝轻声柔气地回答。

"在一般情况下,我是非常勇敢的,"他压低嗓音继续说,"只不过我今天偶然犯了头痛病。"

"我还犯了牙痛病呢!"特维德地说,他偷听到了他兄弟的话,"我比你的身体情况差多啦!"

"那么你们今天还是别打架为好!"爱丽丝说,心想这正是一个缔造和平的大好机会。

"我们必须打架,不过我不在乎继续打下去,"特维德顿说,"现在是几点钟啦?"

特维德地看看手表,说:"四点半。"

"让咱们打到六点钟,然后吃晚饭。"特维德顿说。

"很好,"另一位相当悲伤地说,"她可以监视我们——只不过你最好不要离得太近,一般来说,凡是我看见的东西我都给它一拳——这是在我真正激动的时候。"

"而我是,凡是在我够得到的范围之内的东西,我都给他一拳,"特维德顿大声说,"不论我看得见还是看不见它!"

爱丽丝笑起来。"那么我想,你们一定常常会一拳打在树上。"她说。

特维德顿环顾四周,颇为志得意满地笑笑。"在我们打完架以后,"他说,"我认为,在这四周就不会有一棵还没有倒下去的树!"

"而这一切都是为了一个呱呱板呀!"爱丽丝说,她依然希望他们对于为了如此微不足道的东西而打架能产生一点儿羞耻感。

"如果那个呱呱板不是新的话,"特维德顿说,"我就不会对那个东西那么在意了。"

"但愿那只巨大的乌鸦飞来就好了!"爱丽丝心里想。

"你知道,这里只有一把剑,"特维德顿对他的弟弟说,"不过,你可以用那把雨伞——它也一样锋利。只不过咱们必须赶快动手,天色正在渐渐暗啦。"

"还要更暗呢!"特维德地说。

天一下子暗下来,爱丽丝觉得一场雷雨一定就要来了。"乌云多么浓黑呀！"她说，"来得多么快呀！嘿，我真要相信乌云是长着翅膀的啦！"

"是那只乌鸦！"特维德顿惊吓得尖声叫嚷起来。于是这一对难兄难弟一转眼工夫就溜之大吉，无影无踪了。

爱丽丝向树林里边跑了一小段路，站在一棵大树下。"在这里，它绝对不能抓到我，"她想，"在树丛之间，它的身子太大了，怎么也挤不进来。不过我希望它不要那么拍打双翅——在树林子里简直扇起了一阵飓风——这儿是什么人的披肩给吹跑啦！"

第五章

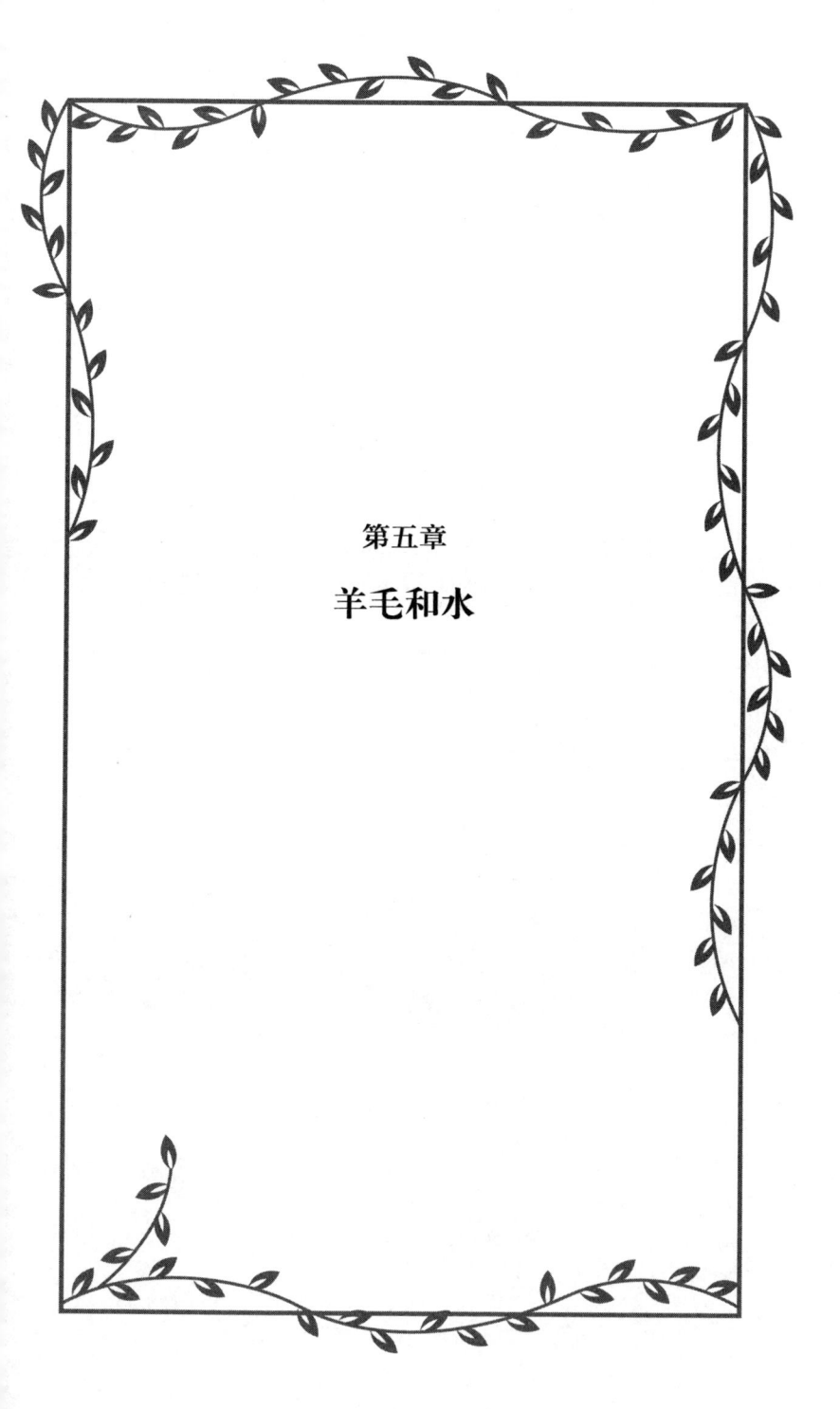

羊毛和水

她说话的时候抓住了那条披肩，四面看看，寻找失主。只一会儿工夫，那位白王后穿越树林狂奔而来，她双臂大大张开，就好像在飞似的，爱丽丝便拿着那条披肩彬彬有礼地向她走去。

"我非常高兴自己碰巧站在披肩飞过的路上。"爱丽丝帮她披上披肩的时候说。

白王后只是对她瞧着，带着一种软弱无助的惊慌的样子，嘴里不断地低声自言自语，听起来好像是说："奶油面包，奶油面包……"这使爱丽丝觉得，如果终究要彼此交谈的话，她必须自己想办法。因此她小心翼翼地开始说："我可以向白王后致意吗？"

"嗯，可以，如果你说的是'着—衣'[①]的话，"白王后说，"可那根本不是我对着衣的看法。"

[①] 致意的原文是 addressing；"着—衣"的原文是 a-dressing，这两个英文词只有微小的差别，读音十分接近。

爱丽丝觉得，决不能在她们刚一开始谈话的时候就辩论起来，所以她微微一笑，说："如果陛下愿意指教我应该如何开始，我一定尽心尽力做到。"

"可是我根本不想做！"可怜的白王后咕哝着说，"我刚才给自己着衣着了两个小时啦。"

在爱丽丝看来，如果刚才有别的什么人替她穿着打扮的话，那就会好得多。她穿得那么邋里邋遢、乱七八糟的。"每一样东西都是别别扭扭的，"爱丽丝心中思忖，"她身上到处是别针！——我可以替你把披肩弄平整吗？"她接着出声问道。

"我不知道它是怎么搞的！"白王后用一种闷闷不乐的声音说，"我想，它是生气了。我把它别在这儿，或是别在那儿，可是总归不能讨它喜欢！"

"你知道，如果你把它全都别在一边，它是不能变得平整的，"爱丽丝轻轻地替她把披肩弄得服服帖帖的，说道，"啊呀，天哪，你的头发搞成什么样子啦！"

"发刷缠在里边了！"白王后叹了一口气说，"昨天我还丢了一把梳子。"

爱丽丝小心地把发刷解了开来，又尽心尽力地把她的头发弄整齐了。"嘿，你现在的样子好多啦！"她把大多数别针调整了一下以后说,"不过,你真的应该有一位女侍从官!"

"我确信我很高兴让你来担当!"白王后说,"一星期两个便士,每隔一天吃果酱。"

爱丽丝不禁笑了起来,同时说道:"我并不需要你雇用我——我也不在乎果酱。"

"那可是上好的果酱呀!"白王后说。

"嗯,无论怎么样,我今天可一点儿也不要。"

"你就是的确想要,你也要不到,"白王后说,"其规则是:明天有果酱,昨天有果酱——但是今天绝对没有果酱。"

"那么一定会有'今天有果酱'的时候呀!"爱丽丝反驳说。

"不,不可能,"白王后说,"规则是每隔一天吃果酱;你知道,今天可不是哪一个隔一天。"

"我听不懂你的话,"爱丽丝说,"你的话混乱得可怕!"

"那是逆向生活的结果,"白王后和蔼可亲地说,"在刚开始的时候,它常常使人有一点儿眩晕——"

"逆向生活!"爱丽丝学着说了一句,惊讶得不得了,"我从来没有听到过这样的事情啊!"

"——不过这里边有一项很大的好处:一个人的记忆向两条路探索。"

"我肯定我的记忆只向一条路探索,"爱丽丝争论说,"我可不能在事情发生之前回忆它。"

"仅仅能够向过去追索,这是一种可怜的回忆。"白王后评论说。

"那么哪一种事情你回忆得最清楚呢?"爱丽丝冒昧地问道。

"哦,那是再下一个星期里发生过的事情。"白王后用轻描淡写的声调回答。"比方说,现在,"白王后继续说下去的时候,把一大张膏药贴在手指上,"有一位外交信使。他现在受处罚给关在监狱里了,可是审判甚至还没有开始,直到下星期三才开始。而且,当然啦,罪行要在这一切的最后才发生。"

"假如他从来不犯这个罪呢?"爱丽丝问道。

"那就太好啦,不是吗?"白王后一面说,一面用一小根缎带缚住绕在手指上的膏药。

爱丽丝觉得这话是无可非议的。"当然这太好啦,"她说,"可是这个人受了处罚却不是太好。"

"不管怎么说,这一点你可错了,"白王后说,"你可曾被处罚过?"

"只不过因为犯了错误。"爱丽丝说。

"那么对于你来说这就太好啦,我知道!"白王后扬扬得意地说。

"不错，然而我的确做过应该受处罚的事情啊，"爱丽丝说，"这是完全不同的嘛。"

"不过，要是你未曾做过，"白王后说，"那就会还要更好。更好，更好，更好！"她每说一声"更好"，声音就更高，直到最后简直变成了尖声嘶喊。

爱丽丝正开始说："这里有什么地方弄错了——"这时候白王后却已经开始尖叫起来，叫得那么响，使她不得不让自己的话就此中断。"哦，哦，哦！"白王后大声叫嚷，把自己的手甩来甩去，仿佛要把它甩掉似的，"我的手指头在出血呀！哦，哦，哦，哦！"

她的尖叫声简直像蒸汽机的汽笛声，爱丽丝不得不用双手捂住耳朵。

"究竟是怎么一回事？"一有机会能使自己的声音被别人听见的时候，爱丽丝便问道，"你扎伤了你的手指吗？"

"我还没有被扎伤，"白王后说，"不过我马上就会——哦，哦，哦！"

"那么你想在什么时候被扎伤呢？"爱丽丝说，有非常想笑出声来的感觉。

第五章 羊毛和水 093

"在我重新把披肩别起来的时候,"可怜的白王后唉声叹气地说,"胸针会自己打开。哦,哦!"就在她说这句话的时候,胸针打开来了,白王后狂乱地一把抓住它,试图把它再合上。

"小心!"爱丽丝叫起来,"你把它捏得完全弯曲了!"于是她去拿那根胸针,然而晚了一步,别针已经滑落,白王后也已经扎伤了手指。

"你瞧,这就是流血的原因,"她微笑着对爱丽丝说,"现在你明白在这里的事情是怎样发生的啦。"

"不过,你现在为什么不尖叫呢?"爱丽丝问道,双手保持准备状态,以便再次捂住耳朵。

"嗯,我已经把尖叫都叫完了,"白王后说,"要是从头再来一遍,会有什么好处呢?"

这时候,天色亮起来了。"乌鸦一定已经飞走了,我想,"爱丽丝说,"它飞走,我真开心。我原先还以为是黑夜来临了呢。"

"但愿我也能想办法开心!"白王后说,"可是我怎么也记不住规则。你生活在这树林里,愿意什么时候高兴就什么时候高兴,一定非常幸福!"

"只不过这里实在是非常寂寞啊!"爱丽丝用一种悲凉伤感的声音说。同时,一想到自己的孤独,两滴大大的泪珠便沿着两边腮帮子滚下来。

"哦，不要那样想下去！"可怜的白王后绝望地紧绞着双手喊道，"想一想你是一个多么伟大的姑娘吧，想一想你今天已经走了多长的路吧，想一想现在是几点钟吧，想一想任何事情吧，只不过不要哭！"

爱丽丝听到这句话，即使泪水潸潸而下，也忍不住笑出声来。"你只要想一想什么事情就能停住不哭吗？"她问道。

"这正是行之有效的办法，"白王后决然地说，"你知道，没有人能够同时做两件事。让咱们从想一想你的年龄开始吧——你多大啦？"

"我整整七岁半。"

"你不必说'整整'，"白王后批评说，"你不说那个，我就能相信。现在，我讲某件事让你相信。我正好一百零一岁又五个月零一天。"

"我不能相信这种话！"爱丽丝说。

"你不能吗？"白王后用一种同情的声调说，"你再试试看：深深吸一口气，闭上眼睛。"

爱丽丝笑起来。"试试看是没有用的，"她说，"一个人是不能相信不可能的事情的。"

"我敢说你未曾有过很多实践,"白王后说,"我在你那个年纪的时候,经常是一天实践半小时。嘿,有时候在早饭前我就相信了六件之多的不可能的事情。披肩又跑掉啦!"

在她说话的时候,胸针就松开了,一阵突然刮起的风把白王后的披肩吹过了一条小溪流。白王后又张开双臂,飞跑着去追,而这一次她成功地自己逮住了它。"我抓到手啦!"她以得胜的声调大叫着,"现在你将看到我重新把它别上,全部由我自己干!"

"那么我希望你的手指头现在已经好些了吧?"爱丽丝非常有礼貌地说道,同时跟着白王后越过那条小溪流。

"哦,好多啦!"白王后大声喊着,喊着喊着,声音逐渐升到一种尖声怪叫,"好—多啦!多—啦!多—呵—呵—呵啦!多—呵—呵呵!"最后这个字结束为一串绵长的咩咩声,那么像羊叫,使得爱丽丝受到了惊吓。

她朝白王后看着,白王后似乎忽然之间已经把自己裹在羊毛里了。爱丽丝揉揉眼睛,再瞧瞧。她弄不明白究竟发生了什么事情。她是在一家商店里吗？那是真的吗？——正坐在柜台那一边的真的是一头绵羊吗？不管怎么揉眼睛，她也只能知道这么一些：自己是在一家昏暗的小商店里，胳膊肘搁在柜台上，她的对面是一头老绵羊，正坐在一把扶手椅里打毛线，时不时地停下手中的活儿，透过一副大眼镜对她瞧着。

"你要买什么东西吗？"绵羊终于开口说话，眼睛从编织物上抬起一会儿瞧着。

"我现在还不十分清楚，"爱丽丝十分温和地说道，"要是可以的话，我想先把四周都看一看。"

"你可以看你的前面，也可以看两边，只要你愿意，"绵羊说道，"但是你不能看你的四周——除非你的后脑勺长着眼睛。"

可是这样的眼睛，正如实际情况那样，爱丽丝并没有长，因此她心满意足地转过身来，向货物架走去，看看那些货物。

商店里似乎充满了各种稀奇古怪的东西——但是最最奇妙的则是，不管她每一次紧盯着哪一个货物架瞧，以便确切地看清楚架子上有些什么东西的时候，那个架子上总是空空如也，然而其周围架子上的东西都满得不能再满。

"这里的东西是如此飘忽不定啊！"她最后声调哀伤地说。她刚才花了一两分钟时间，毫无结果地追踪一件大而亮的东西，这东西有时候像是一个玩具娃娃,有时候像是一个针线盒,它总是出现在她盯着瞧的那个架子上面的那层架子上。"这件事情是所有事情当中最最叫人恼火的——不过我要跟你说——"她继续说下去的时候,忽然一个主意在头脑中亮起来,"我要跟着它往上瞧,直瞧到最最顶上的那个架子。我预料,它要想穿过天花板,这一来,可就会难倒它啦!"

然而,这个计划也失败了。那件"东西"一点儿声息都没有,就轻易地穿过了天花板,仿佛它这样做是习以为常似的。

"你是一个孩子呢,还是一个手转陀螺①呀?"绵羊问道,一面拿起另外一副毛线针,"如果你老是像个手转陀螺那样转个不停,你立刻就要使我头晕了。"她现在正在一次使用十四副毛线针打毛线,爱丽丝不得不十二分惊讶地眼睁睁瞧着她。

"她怎么能够用这么多的针打毛线啊?"这位迷惑不解的孩子心里琢磨着,"她一分钟又一分钟地越来越像一头箭猪!"

"你会划船吗?"绵羊问道,说话之间递给她一副毛线针。

"是的,会一点儿——然而不是在陆地上——而且也不用毛

---

① 手转陀螺(teetotum),一种玩具,也是赌具。英文中 like a teetotum,形容人忙得团团转。这里便有此意。

线针——"爱丽丝正开始说的时候,突然之间毛线针在她双手中变成了一副木桨,她发现她们俩已经在一条小船里了,正在两岸之间轻轻淌过去。因此,她无话可说,只有尽力而为。

"羽毛!"绵羊在拿起另外一副毛线针的时候叫嚷着。

这声叫喊听来不像是需要任何回应的话,所以爱丽丝没有说话,只是划着桨把船荡开。她觉得,这水十分奇怪,因为时不时地双桨就被粘住了,几乎不能再提出来。

"羽毛!羽毛!"绵羊又叫喊着,同时拿出更多的毛线针,"你马上就会捉到一只螃蟹。"

"一只可爱的小螃蟹呀!"爱丽丝猜想,"我会喜欢的。"

"你听见我叫'羽毛'了吗?"绵羊怒气冲冲地喊着,同时拿起一大把毛线针。

"我确实听到了,"爱丽丝说,"你说了许多遍——而且叫得非常响。请问螃蟹在哪儿呀?"

"当然在水里啦!"绵羊说着把一些毛线针插在自己的头发上,她的双手已经握满了,"羽毛,我说!"

"你为什么喊羽毛喊了这么多遍呢?"爱丽丝感到很困惑,终于这样问道,"我可不是一只鸟啊!"

"你是一只鸟,"绵羊说,"你是一只小鹅。"

第五章 羊毛和水

这句话有点儿冒犯了爱丽丝,因此有一两分钟两人没有交谈,那条小船却轻轻地向前漂去,有时候漂流在水草丛生的地方(这使得双桨比先前更糟糕地紧粘在水中),有时候又来到树丛之下,不过一直是沿着两边高高的、好像在她们头顶上皱着眉头的河岸划行。

"哦,你看!那里长着芳香的灯芯草!"爱丽丝突然兴高采烈地大叫起来,"那里真的长着——而且漂亮极了!"

"关于它们,你用不着对我说'你看',"绵羊说,眼睛依然瞧着手中的编织物,抬也不抬,"我并没有把它们放在那里,而且我也不打算把它们带走。"

"不错,可是我的意思是——对不起,咱们可以待一会儿,采一些走吗?"爱丽丝恳求着,"只要你不介意把船停一会儿。"

"我怎么能停船啊?"绵羊说,"只要你停止划桨,船就自然停了嘛。"

于是这条小船就自由自在地顺流而下,直到轻轻漂到那些摇曳生姿的灯芯草丛中。然后那两只小小的衣袖被小心翼翼地卷了起来,那两只小小的手臂浸没到胳膊肘那儿,在相当深的下面抱住一些灯芯草,然后折断它们——一时间,爱丽丝把绵羊以及编织什么的一股脑儿都忘光了,只顾在船边上探出身子,她缠结的头发的发梢正好浸在水中——这时候，她闪着明亮的、充满渴望的眼睛，双手抓着那些心爱的芳香的灯芯草，一把又一把。

"我但愿这条船不会翻过来！"她心中想着，"哦，那一株多么可爱呀！只可惜我差一点儿，够不到它。"这事情看来的确有一点儿叫人恼火（"几乎像是故意跟人过不去，"她这样想），虽然在这条船漂过去的时候，她设法采撷了许多美丽的灯芯草，然而总是有更可爱的灯芯草长在她够不到的地方。

"最美丽的东西总是在更远的地方！"她最后说，对于灯芯草偏要顽固不化地长在让她够不到的地方，不免长叹一声。同时，两腮通红、双手和头发湿淋淋的她爬回到自己的位子，着手打理她新弄到的那些宝贝。

正当此时，那些灯芯草从被她采撷的那一刻起，就已经开始枯萎，消失了所有的香气和美丽。这对于爱丽丝说来有什么关系呢？你知道，即使是真正的馥郁芬芳的灯芯草，也仅仅能延长色泽和香味一小会儿呀——更何况这些堆在她脚旁的只不过是梦中的灯芯草，几乎像白雪那样融化——不过爱丽丝并没有注意到这一点，还有那么多别的稀奇古怪的事情要动脑筋呢。

她们没有划多远的路，一把桨的桨片又粘在水里不肯出水（爱丽丝后来是这样说明的），其结果是船桨的木柄打中了她的

第五章　羊毛和水　　101

下巴颏儿,而且,尽管可怜的爱丽丝发出一连串细声尖叫:"哦,哦,哦!"木柄还是径直把她从座位上扫开,让她跌倒在那一堆灯芯草之间。

不过,她一点儿也没有受伤,立刻就又爬了起来。那头绵羊在此期间却一直继续打着毛线,好像什么事情也没有发生似的。"你逮到的可是一只好螃蟹啊!"她说,这时爱丽丝坐回到自己的位子上,发现自己仍然待在船上,感到非常欣慰。

"是吗?可是我没有看见啊,"爱丽丝说,对着船外边的黑黑的水里仔仔细细地察看,"我希望螃蟹没有开溜——我多么希望带一只小螃蟹回家去啊!"可是绵羊仅仅不屑一顾地笑笑,继续打她的毛线。

"这里有许多螃蟹吗?"爱丽丝问道。

"有螃蟹,还有其他东西,应有尽有,"绵羊说,"任凭挑选,只不过你要拿定主意。现在,你要买什么东西呢?"

"买!"爱丽丝回应一声,声调中半是惊讶,半是害怕——因为双桨啊,小船啊,河水啊,在一瞬间全都消失得无影无踪,而她本人又回到了那个昏暗的小商店里了。

"劳驾,我想买一个鸡蛋,"她胆怯地说,"鸡蛋怎么卖啊?"

"五便士法新①买一个——两便士买两个。"绵羊回答说。

"这么说来,买两个比买一个价钱便宜啦?"爱丽丝用惊讶的口气问,同时掏出钱包来。

"只不过你要是买两个的话,你必须把两个都吃掉。"绵羊说。

"那么,劳驾,我就买一个吧!"爱丽丝说,把钱放在柜台上。这是因为她心里琢磨:"你知道,这些鸡蛋也许并不完全新鲜。"

绵羊拿了钱,放到一个钱柜里,然后说:"我从来都不把东西放在人家的手上——这绝对不可以——你必须自己拿鸡蛋。"说完这句话,她就走到店堂的另一头去,把那只鸡蛋竖直了放在货物架上。

"我不明白为什么那样做不可以?"爱丽丝想,她在桌椅中间摸索着走,因为商店里实在太暗了。"那个鸡蛋,我越是向它走去,它越是离得更远。让我瞧瞧,这是一把椅子吗?怎么,好怪哟,它有树枝呀!发现树木生长在这种地方可多么奇怪呀!这

---

① "五便士"是英国铜币。"法新"是值四分之一便士的英国铜币,1961年起废止不用。

里竟然还有一条小溪流呢！嘿，这实在是我所见到过的最最奇怪的商店了！"

于是她继续往前走，每走一步，心中的疑问便更多，更多，因为每一件东西在她走近的那一瞬间都变成了一棵树，她预料那只鸡蛋很可能同样会变成一棵树。

第六章
汉普蒂·邓普蒂

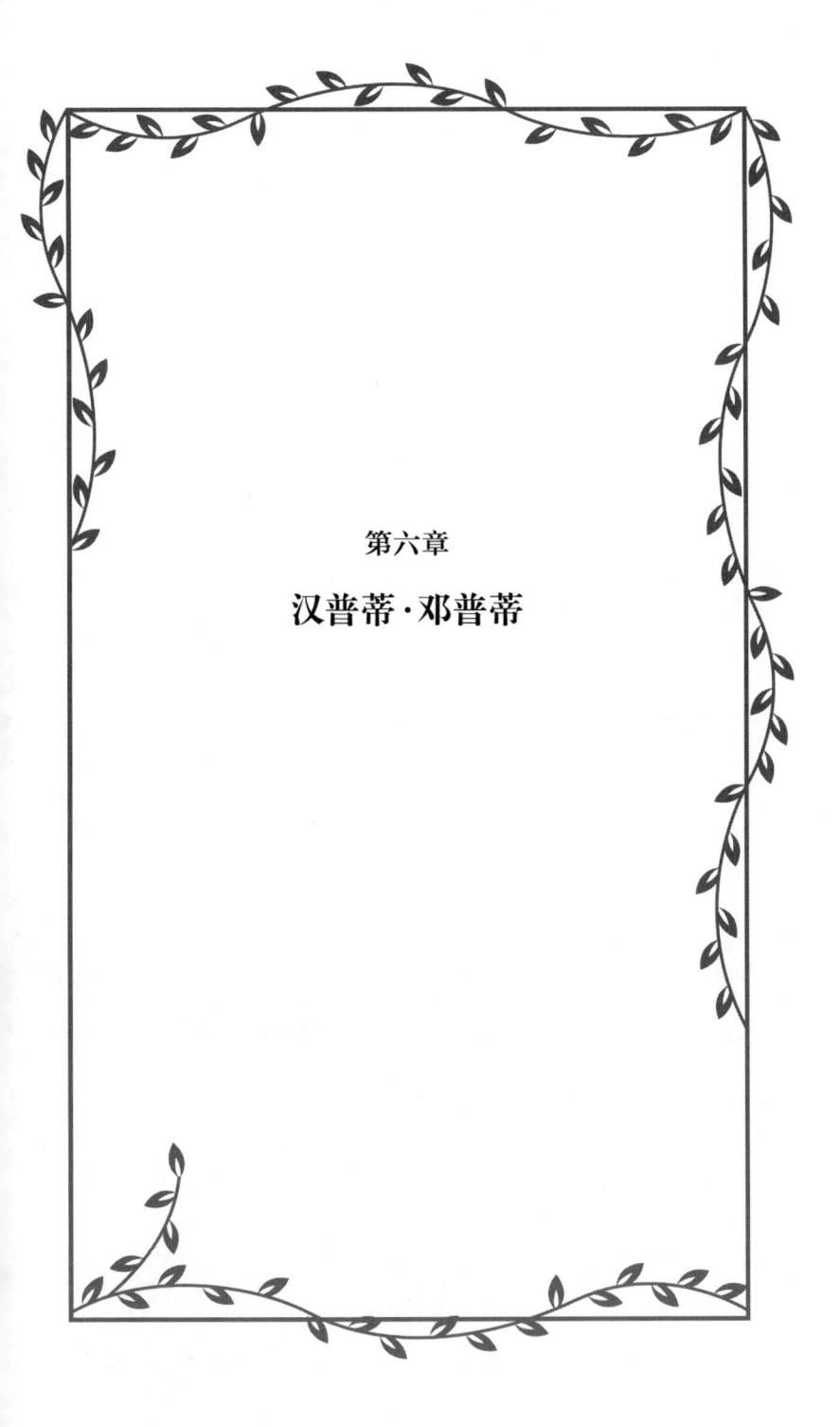

然而，那个鸡蛋却只是变得越来越大，越来越像个人样儿。她走到离它几码远的地方的时候，看见它长着一双眼睛、一个鼻子和一张嘴巴；她再靠近它的时候，便看得清清楚楚，那正是汉普蒂·邓普蒂①本人。"他不可能是别的任何人！"她心里说，"我敢肯定这一点，就好像他的名字写满在他的脸上似的！"

　　那张硕大无朋的脸，可以很容易地写上一百个名字。汉普蒂·邓普蒂像一个土耳其人那样盘腿坐着，是坐在一堵高墙的顶端——那么狭窄的墙顶，爱丽丝很不明白他怎么能够保持平衡——同时，因为他的眼睛直愣愣地盯着对面瞧，一点儿都不注意她，她想，他到头来一定是一个塞满填料的玩偶。

　　"他多么不折不扣地像一个鸡蛋呀！"她说出声来，站在那

---

① 汉普蒂·邓普蒂（Humpty Dumpty），英国民谣中一个从墙上摔下来跌得粉碎的蛋形矮胖子。转义指倒下去就起不来的人，或损坏后无法修复的东西。

儿伸出双手准备接住他,因为她无时无刻不防备着他掉下来。

"这是令人非常恼火的事,"在一阵长时间的沉默之后,汉普蒂·邓普蒂说,说话之间,一眼都不对爱丽丝瞧,"竟然被人叫作鸡蛋——非常恼火!"

"我刚才说你看起来像一个鸡蛋,先生,"爱丽丝和和气气地解释道,"你知道,有些鸡蛋是非常漂亮的。"她接着说,希望把自己的评说转变成一种恭维。

"有些人,"汉普蒂·邓普蒂说,像原先一样,眼睛瞧着别处,"像娃娃一样没有头脑!"

对于这句话,爱丽丝不知道说些什么好。她觉得,这完全不像是会话,因为他没有对她说过一句话。事实上,他最后那句话显然是冲着一棵树说的——于是她站在那儿,对自己轻声背诵着——

　　汉普蒂·邓普蒂坐上一堵墙,
　　汉普蒂·邓普蒂一下跌得惨。
　　国王所有的马,国王所有的人,
　　都不能再叫汉普蒂·邓普蒂守本分。

"这首诗的最后一行太长了。"她接着说,几乎是脱口说了出来,忘记那位汉普蒂·邓普蒂能听见。

"不要那样子站着自个儿絮絮叨叨地,"汉普蒂·邓普蒂说,头一回对她瞧着,"但是把你的名字和来干什么的告诉我。"

"我的名字是爱丽丝,不过——"

"这个名字真够蠢的!"汉普蒂·邓普蒂不耐烦地打断她的话,"那是什么意思啊?"

"名字一定要有什么意思吗?"爱丽丝疑惑地问道。

"当然一定要有!"汉普蒂·邓普蒂冷笑一声说道,"我的名字意味着我的体形——而且还是一副非常漂亮的体形。至于像你这样的名字呢,你几乎可能是任何体形。"

"你为什么孤孤单单地坐在这外面呢?"爱丽丝问道,她不想开始一场争论。

"怎么啦,因为没有人陪伴我呀!"汉普蒂·邓普蒂直嚷嚷,"你本来以为我不知道怎么回答那句话吗?再问一句吧。"

"你不认为到地上来你会比较安全吗?"爱丽丝继续问道。她一点儿也没有再出一个哑谜的意思,只不过对这位怪怪的人物有一种出于好心的忧虑,"那堵墙真的是非常狭窄呀!"

"你问的哑谜都是容易得不得了的!"汉普蒂·邓普蒂用

咕噜咕噜的声音嚷着,"我当然不这么认为!怎么啦,假如我竟然摔下来——这是根本不会发生的事——不过假如我摔下来了——"说到这里他噘起嘴唇,一副了不起的庄重的样子,爱丽丝看了忍不住笑起来。"假如我竟然摔下来了,"他继续说,"国王曾经答应我——啊,要是你愿意的话,你可以脸色发白!你没有想到我打算说这句话吧,是不是啊?国王曾经答应我——他亲口答应——要——要——"

"要派来他所有的马和所有的人!"爱丽丝相当不明智地接口说。

"现在我断定这件事太可恶了!"汉普蒂·邓普蒂勃然大怒,高声喊叫起来,"你刚才一直在门外——在大树背后——在烟囱里边偷听——否则你不可能知道这句话的!"

"我的确没有偷听!"爱丽丝非常文雅地说,"这句话在书上写着。"

"啊,好呀!他们尽可以把这种事情写在书上,"汉普蒂·邓普蒂用比较温和的声调说道,"这就是你们叫作'英国历史'的东西啦,正是如此。现在,你好好瞧瞧我!我是一个曾经跟国王谈过话的人,我谈过的。也许你再也不会见到第二个这样的人了。为了表示我并不骄傲,你可以跟我握握手!"他露齿而笑,嘴巴几乎从这边耳根咧开到那边耳根,同时向前俯下身子(这样做的时候几乎从墙上摔下来),把手伸给爱丽丝。她握住那只手的时候,有点儿担忧地对他瞧着。"如果他笑得再厉害一些,他的两只嘴角有可能在脑后连在一起,"她心想,"那时候,我不知道他的头会发生什么事!我只怕它会掉下来吧!"

"不错,他所有的马和他所有的人,"汉普蒂·邓普蒂继续说,"他们马上就把我再扶起来,他们会这样做的!不过,这一场对话进行得太快了一点儿。让我们回到倒数第二个话题吧。"

"我只怕自己想不起来是什么了。"爱丽丝彬彬有礼地说。

"既然如此,咱们再从头开始吧,"汉普蒂·邓普蒂说,"现在轮到我选择一个话题了——"("他说起来就好像这是一种游戏似的!"爱丽丝心想。)"那么这里有一个问题要问你。你说过你曾经是几岁啦?"

爱丽丝匆匆算了一算,说道:"七岁零六个月。"

"错啦!"汉普蒂·邓普蒂扬扬得意地大叫,"你从来没有说过你的年纪!"

"我是想,你的意思是:'你现在是几岁?'"爱丽丝解释。

"假如我是那个意思的话,我就会那样说的!"汉普蒂·邓普蒂说。

爱丽丝不想开始另一场争论,所以她保持沉默。

"七岁零六个月!"汉普蒂·邓普蒂思考着重复说一句,"一种尴尬的年纪啊。要是你曾经征求过我的忠告,我会说:'我在七岁的时候就不生长了。'——不过现在已经太晚啦。"

"关于生长的问题,我从来都不征求忠告!"爱丽丝愤怒地说。

"太骄傲了吧?"对方责问道。

对于这一提示,爱丽丝感到更为愤怒。"我的意思是,"她说道,"一个人没有办法不长大。"

"一个人没有办法,也许是的,"汉普蒂·邓普蒂说,"但是两个人有办法。如果有恰当的协助,你或许在七岁的时候就已经不生长了。"

"你系了一根多么漂亮的裤腰带啊!"爱丽丝忽然这样称赞。(她想,他们之间关于年龄的话题已经谈得够多的了;如果他们真的可以轮流挑选话题的话,那么现在该轮到她啦。)"起码,"她转念一想,纠正了自己的话,"是一条漂亮的领巾[①],我应该这样说——不对,我的意思是,一条裤腰带——请您原谅!"她惊

---

① 领巾原文是 cravat,一种西方旧式的男用领饰,与现在的领带 tie 不同。

慌失措地接着说，因为汉普蒂·邓普蒂彻底地不高兴了，爱丽丝开始希望自己没有选择那个话题才好。"要是我原先知道，"她心中暗想，"哪儿是他的脖子，哪儿是他的腰部就好啦！"

显然汉普蒂·邓普蒂非常生气，尽管他一两分钟之内什么也没有说。在他又开始说话的时候，是用一种低沉的怒吼声说的。

"那是一件——最最——叫人恼火的——事情，"他终于开口说，"一个人竟然不知道什么是领巾，什么是裤腰带！"

"我知道自己非常无知。"爱丽丝用一种很谦卑的声调说，因此汉普蒂·邓普蒂变得心平气和了。

"这是一条领巾，孩子，一条漂亮的领巾，正如你说的。这是白国王和白王后送给我的礼物。你瞧！"

"真的吗？"爱丽丝说，非常高兴地发现自己到底是选择了一个好话题。

"他们送给我的，"汉普蒂·邓普蒂若有所思地继续说，同时翘起了二郎腿，双手抱住膝盖，"他们送给我的——作为一件非生日礼物。"

"请您原谅？"爱丽丝带着迷惑不解的样子问道。

"没有什么好原谅的。"汉普蒂·邓普蒂说。

"我的意思是，什么叫作一件非生日礼物呢？"

汉普蒂·邓普蒂拿过备忘本,仔仔细细地看。

"当然啦,一件在你不过生日的时候送给你的礼物嘛。"

爱丽丝考虑了一会儿。"我最喜欢的是生日礼物!"她终于说。

"你不知道你自己在说些什么!"汉普蒂·邓普蒂叫起来,"一年有几天?"

"三百六十五天。"爱丽丝说。

"你有几个生日?"

"一个。"

"如果你从三百六十五减去一,还剩多少?"

"当然啦,是三百六十四。"

汉普蒂·邓普蒂显出一副疑惑的样子。"我最好看见这道题在纸上做一遍。"他说。

爱丽丝忍不住要笑,她拿出她的备忘本,做了算术题给他看:

$$\begin{array}{r}3\ 6\ 5\\ 1\\ \hline 3\ 6\ 4\end{array}$$

汉普蒂·邓普蒂拿过备忘本,仔仔细细地看。"这道题似乎做得不错——"他开始说。

"你把本子拿倒啦!"爱丽丝打断他的话。

"我确实是拿倒了!"汉普蒂·邓普蒂嬉皮笑脸地说,这时爱丽丝替他把本子再倒过来。"我是觉得看起来有一点儿别扭。就像我说的那样,这道题似乎做得不错——虽然我此刻没有时间从头到尾好好看一遍——这道题表明有三百六十四天你可以收到非生日礼物——"

"那当然了!"爱丽丝说。

"而只有一天收到生日礼物,你知道。这是你的光荣!"

"我不知道你说的'光荣'是什么意思。"爱丽丝说。

汉普蒂·邓普蒂鄙夷不屑地笑了一笑:"你当然不知道啦——除非我告诉你。我的意思是:'这是一个压倒对方的漂亮的论据!'"

"不过'光荣'并不意味着'一个压倒对方的漂亮的论据'呀!"爱丽丝反驳说。

"在我用一个单词的时候,"汉普蒂·邓普蒂用一种相当傲慢的口气说,"它就意味着我选择它意味的那个意思——既不多,也不少。"

"问题在于,"爱丽丝说,"你是否能够使单词意味那么多不同的事物。"

"问题在于,"汉普蒂·邓普蒂说,"是谁说了算——如此而已。"

爱丽丝真是给弄糊涂了,什么话也说不出。因此,一分钟过后,汉普蒂·邓普蒂又开始说:"有些单词有脾气——特别是动词,它们最为骄傲——你可以叫形容词跟任何东西在一起,但是不能跟动词——然而,我却可以把它们全部随意摆弄!不可穿透性①!这就是我的说法!"

"可以请你告诉我,"爱丽丝说,"这是什么意思吗?"

"这会儿你才像个明事理的孩子那样说话,"汉普蒂·邓普蒂露出非常高兴的样子,"我所说的'不可穿透性'的意思是咱们关于那个话题已经谈得够多的了。要是你提出自己打算下一步要做的事的话,也是挺好的,因为我猜想你不会打算这辈子都停留在这儿吧。"

"这是要使一个单词表达很多很多的含义。"爱丽丝用思考的语调说。

"本人在让一个单词像那样做许多工作的时候,"汉普蒂·邓

---

① 原文 impenetrability 是比较冷僻的单词。作"不可入""不能贯穿",以及物理上的"不可入性"解,转义可译为"深奥莫测"。

普蒂说,"总是付给额外报酬的。"

"哦!"爱丽丝叫了一声。她给弄糊涂了,任何其他的话都说不出。

"啊,你应该瞧瞧它们怎样在一个星期六的夜里来讨好我,"汉普蒂·邓普蒂继续说,郑重其事地摇头晃脑,"为了索取它们的工资呀,你知道。"

(爱丽丝不敢问他付给它们什么东西,因此,你瞧,我也无法告诉你。)

"阁下,您在解释单词方面似乎很聪明,"爱丽丝说,"能不能请您指教那首叫作《胡言乱语》的诗的含义呢?"

"让我听听看,"汉普蒂·邓普蒂说,"我能解释所有创作出来的诗歌,以及许多许多迄今尚未创作出来的诗歌。"

这句话表明大有希望了,于是爱丽丝背诵那首诗的第一节——

那是 brillig,还有 slithy toves
　去 gyre 和 gimble 在 wabe:
所有的 mimsy 都是 borogoves,
　而那个 mome raths outgrabe。

"先说这几句已经够了,"汉普蒂·邓普蒂打断她的背诵,"这里有很多难懂的单词。'brillig'的意思是下午四点钟——就是你开始 broiling[①] 晚餐食物的时候。"

"这个解释非常清楚,"爱丽丝说,"那么请问'slithy'呢?"

"嗯,'slithy'的意思是'lithe 和 slimy'[②]。'lithe'是跟'生机勃勃'一样的意思。你瞧,它像是一个混合词[③]——把两个意义捆在一个单词里。"

"我现在明白啦,"爱丽丝思索着说,"那么'toves'是什么呀?"

"嗯,'toves'有点儿像獾——又有点儿像蜥蜴——又有点儿像瓶塞钻。"

"它们一定是样子非常奇特的生物吧。"

"它们确实是那种东西,"汉普蒂·邓普蒂说,"而且它们还在一些日晷下面筑巢——而且它们还以干酪为主食。"

"那么什么叫作去'gyre'和去'gimble'呢?"

[①] broiling 是用火烤肉的意思;brillig 是作者生造的单词,但与 broiling 有些形似。
[②] lithe 是柔软或轻快的意思。slimy 是黏糊糊的或泥泞的意思;slithy 是作者生造的单词,用 slimy 和 lithe 两个单词捏合而成。
[③] 混合词,原文是 portmanteau,又译为"紧缩词"或"合并词"。

"去'gyre'就是像一架陀螺仪①那样一圈一圈地旋转。去'gimble'就是像一把手钻②一样钻孔。"

"那么'wabe'就是日晷周围的小块草地啦,对不对?"爱丽丝说,对自己的聪明机灵感到惊讶。

"那当然咯。你知道,把它叫作'wabe'③,是因为有很大一片在它的前面,很大的一片在它的后面——"

"还有很大的两片在两边!"爱丽丝接口说。

"完完全全正确。很好,再说'mimsy',就是'单薄和悲惨'④的意思(这里教给你另外一个混合词)。还有,一只'borogove'就是一只精瘦的、形象肮脏的鸟,它的羽毛向四面八方散射开来——有点儿像一把活拖把。"

"那么,'mome raths'是什么意思呢?"爱丽丝问道,"我怕我在给你增添许多麻烦。"

---

① 陀螺仪,原文是 gyroscope,一种由一个高速自旋的重物来保持角准方向的仪器。gyre 的原义是"旋转"。
② 手钻,原文是 gimlet。gimble 则是作者生造的单词,与 gimlet 的字形和读音都比较接近。
③ wabe 是作者生造的单词,与 web(网)的字形和读音相近,不知是否由此而来。
④ "单薄"的原文是 flimsy;"悲惨"的原文是 miserable。作者把这两个单词捏合起来,生造了一个混合词 mimsy。

"嗯，一头'rath'就是一种青猪①。不过'mome'的意思我还不大肯定。我想那是'from home'②的简称——意思是它们迷了路，你知道。"

"那么'outgrabe'是什么意思呢？"

"嗯，'outgribing'③是某种在哞哞的叫声和嘘嘘的呼啸声之间的东西，中间还有一种打喷嚏的声音。不管怎么样，你都会听到这种声音的，也许——在这树林子的那一头——而且，你一旦听到的时候，就会十分满意。是谁把那些刺耳的拙劣诗作背给你听的？"

"我是在一本书上读到的，"爱丽丝说，"不过我曾经听到过人家为我背的比这容易得多的诗作，那是——特维德地背的，我想是他。"

"说到诗歌，你知道，"汉普蒂·邓普蒂说，他伸出一只巨大的手，"要谈背诵的话，我能够像别人背得一样好——"

"哦，不必谈背诵！"爱丽丝急急忙忙地说，希望从一开始

---

① rath 原义为一种围墙，或形容词"快的"。但此处属于生造单词。青猪原文为 green pig，意为"不成熟的猪"。
② mome 原义为"笨蛋"（古义）。但此处属于生造的单词。from home 原义为"来自家乡"，读音与 mome 相近。
③ outgribing 也许是 outgrabe 的现在式分词，但两者均为作者生造的单词。

就阻止他。

"我准备背诵的这首诗,"他毫不理会她的话,只管说下去,"完全是为了让你开心而写的。"

爱丽丝觉得既然如此,她真的应该听听这首诗。因此她坐下来,相当不乐意地说了一声"谢谢你"。

"冬天,田野里一片白茫茫,
为了使你开心我歌唱——"

"只不过我并没有唱。"他添上一句,作为解释。

"我看到你并没有唱。"爱丽丝说。

"要是你能看到我是不是在唱,那么你比大多数人的眼睛都更敏锐。"汉普蒂·邓普蒂严厉地说。爱丽丝默不作声了。

"春天,树林渐渐绿满枝,
我试试告诉你我的意思。"

"非常感谢你!"爱丽丝说。

"夏天,日子变得很长,
也许你会明白我的歌唱。

秋天,树叶转黄衰败,
拿笔和墨水把它写下来。"

"我会写下来的,如果我能够记得那么久的话。"爱丽丝说道。

"你用不着老是像这样多嘴多舌的,"汉普蒂·邓普蒂说,"这些话不是深明事理的,却惹得我心烦。"

"我送给游鱼一个信息,
我告诉它们:'这就是我希望的。'

海中的小鱼儿漫游成群,
它们带给我一个回音。

那些小鱼儿这样回嘴:
'我们办不到,先生,因为——'"

"我怕自己不怎么听得懂。"爱丽丝说。

"再往下就比较容易啦!"汉普蒂·邓普蒂回答说。

"我又派人给它们送个信:
'最好还是服从命令。'

鱼群龇牙咧嘴地笑答:
'怎么啦,你的脾气真大!'

对它们说一次,对它们说两次,
它们就是不听我的指示。

我拿了一把水壶大又新,
适合我不得不做的事情。

我的心跳怦怦,我的心扑扑跳,
在水泵我把水壶灌满了。

于是有人来对我说道:

'小小鱼群都已经睡觉。'

我对他说,我对他说明白:
'那么你必须把它们叫起来。'

我说得很响而且很清楚,
我对着他的耳朵大声呼。"

汉普蒂·邓普蒂在背诵这一节诗歌的时候,把他的声音提高到几乎是在尖声喊叫了。爱丽丝听了,禁不住浑身打战,心想:"我怎么也不愿意当那个信使!"

"但是他非常僵死和傲慢,
说道:'你不必叫得这么响!'

但是他非常傲慢和僵死,
他说:'我可以去叫醒,假使——'

从架上我拿起一把瓶塞钻,

准备自己去把它们叫唤。

我发现门儿上了锁,
我拉呀,推呀,敲呀,踩。

我发现门儿被关上,
我试着转动把手,但——"

接着是一阵长时间的休止。

"就是这些了吗?"爱丽丝小心翼翼地问。

"就是这些啦,"汉普蒂·邓普蒂说,"再会。"

爱丽丝心想:这一下相当突然。但是,这是一个非常强烈的暗示,告诉她应该离开了。爱丽丝觉得如果继续待下去,就不太礼貌了。于是她站起身来,伸出了手。"再会,下次再见!"她尽可能露出高兴的样子说。

"假如我们真的再相见的话,我也决不会再认识你,"汉普蒂·邓普蒂用一种不满意的声调回答说,给了她一根手指头去握别,"你跟别人简直一模一样。"

"一般来说,是凭一张脸来区别的。"爱丽丝用一种思考的口气来论说。

"这正是我所抱怨的事,"汉普蒂·邓普蒂说道,"你这张脸跟其他人的脸相同——两只眼睛,如此这般——"(他用大拇指在空中比画眼睛的位置。)"鼻子长在当中间,嘴巴长在下边。老是这副样子。比方说,如果你的这两只眼睛都长在鼻子的同一边——或者嘴巴长在顶上边——那样就会有所帮助了。"

"那种样子不好看。"爱丽丝反对说。

然而汉普蒂·邓普蒂只是闭上眼睛,说道:"等到你试过再谈吧。"

爱丽丝等了一分钟,想看看他是否还有话说。然而,他再也不睁开眼睛,也不再注意她一下。她便又说了一声:"再会!"在听不到任何回应以后,她就静悄悄地走开了。但是她一面走,一面不免自言自语地说:"在一切不能令人满意的——"(她把这个单词念出声来,因为念出这样长的单词[①]是一件很舒心的事。)"在一切不能令人满意的人们之中,我竟然碰到——"她没有把这句话说完,因为这时候一阵轰隆隆的撞击声把整个树林从这边到那边都震动了。

[①] "不能令人满意的"原文是一个单词:unsatisfactory,共有六个音节,所以说是一个长单词。

第七章

狮子和独角兽

一转眼工夫，只见一群士兵穿越树林奔跑过来，打头的是三三两两，接着来的是十到二十个人一起，最后是那么一大群一大群，似乎要塞满整个树林。爱丽丝躲到一棵大树后面，以免被人从身上踩过去，她就在那儿瞧着他们奔过去。

　　她觉得这辈子都没见过脚步如此歪歪斜斜的士兵。他们老是一会儿在这个东西上绊倒，一会儿在那个东西上绊倒，一旦某个人倒了下去，另外几个人总是倒在他身上。因此，地上一会儿就满是一小堆一小堆的人。

　　接着来的是骑兵。这些骑手因为有四条腿，比起那些步兵来要好得多。然而，即使是他们也时不时地摔跟头。而且这似乎已经成了一个规律：一旦一匹马被绊倒了，骑手立刻便摔得远远的。混乱的局面一分钟比一分钟更厉害，爱丽丝庆幸自己跑出了树林，跑到一处开阔的地方，在这儿，她发现那位白国王席地而坐，在他的备忘本上忙忙碌碌地写些什么。

"我把他们全部派出去啦！"国王看见爱丽丝后用喜滋滋的声调说，"亲爱的，你穿过树林的时候，可曾碰巧遇见什么士兵吗？"

"是的，我遇见了，"爱丽丝说，"我想有好几千呢。"

"准确的数目是四千二百零七名，"国王参阅了他的本子，说道，"你知道，我无法把所有的骑兵都派出去，因为其中两名需要参加棋赛。而且我也没有把两名传令兵派出去。他们俩到城里去了。你顺着那条道路瞧瞧，告诉我你能不能看见他们两人中的一个。"

"我看路上一个人也没有啊！"爱丽丝说。

"我真希望我长着那样一双眼睛，"国王用一种焦急烦躁的声调说，"能够什么人也看不见！而且还在这样近的距离！怎么着，在这样的光线里看见实实在在的人，这正是我能够做到的事。"

这些话爱丽丝全都没有听进去，她用一只手遮在额头上，仍然一心一意地顺着那条道路望。"我现在看见一个人啦！"她终于喊叫起来，"不过他在非常缓慢地走过来——而且摆弄着多么奇怪的姿势啊！"（因为那个传令兵老是蹦蹦跳跳的，在他走过来的时候，又像一条鳝鱼那样扭来扭去，两只大手张开来，好像一边是一把大扇子。）

"完全不是这样,"国王说,"他是一名盎格鲁-撒克逊[①]传令兵——那种姿势则是盎格鲁-撒克逊姿势。他只有在高兴的时候才摆弄那种姿势。他的名字是海耶。"(他把这个名字读作"海耶",以便与"市长"押韵。[②])

"我爱我的爱人带有一个 H,"爱丽丝不禁开始背起来,"因为他快乐(Happy)。我恨他带有一个 H,因为他讨厌(Hideous)。我给他吃一块——一块——一块火腿三明治(Ham-sandwiches)和干草(Hay)。他的名字是海耶(Haigha),他住在——"

"他住在山(Hill)上,"国王简简单单地接口说,一点儿也没有意识到自己是在参加一个游戏,而爱丽丝依然在犹豫不决,要想出一个用 H 开头的城市的名字来。"另外一个传令兵叫作海塔(Hatta)。你知道,我必须有两个——来来去去。一个来,一个去。"

"我求你再说一遍,行吗?"爱丽丝说。

---

① 盎格鲁-撒克逊(Anglo-Saxon),古代欧洲大陆上日耳曼人的两个部落集团。公元 5 世纪起,其中相当多的人移居英国,结合成为盎格鲁-撒克逊人。后来经过长期征战,征服并同化岛上的克尔特人,又与后到的丹麦人、诺曼人结合,逐渐形成近代英吉利民族。
② 市长的原文是 mayor,读如"梅耶"。

第七章 狮子和独角兽

"求可不是有面子的事。"① 国王说。

"我的意思只是说我听不懂，"爱丽丝说，"为什么要一个来，一个去呢？"

"我不是跟你说了吗？"国王不耐烦地重复道，"我必须有两个——去拿和去送。②一个拿来，另一个送去。"

就在此刻，那个传令兵走到了。他上气不接下气，吐不出一个字来，只能把两只手乱挥乱舞，同时对那个可怜的国王做出最最可怕的怪脸。

"这位年轻的小姐喜欢你带有一个 H！"国王向他介绍爱丽丝说，希望以此来转移这个传令兵对他自己的注意——然而毫无用处——那种盎格鲁－撒克逊姿势反而一分钟比一分钟来得更为特别，那两只眼睛睁得大大的，眼珠子狂乱地从这一边滴溜溜滚到那一边。

"你把我吓坏啦！"国王说，"我觉得发晕啦——给我一块火腿三明治呀！"

---

① "我求你再说一遍"原文是"I beg your pardon"，其中"beg"有"祈求之意"，所以说"不是有面子的事"。
② "去拿和去送"，原文是 to fetch and carry。英文成语 fetch and carry 有"做杂务""当听差"之意。

听了这句话,爱丽丝极感兴趣地看见传令兵打开挂在他脖子上的一个布袋,拿出一块三明治给国王,国王便狼吞虎咽地大嚼起来。

"再来一块三明治!"国王说道。

"现在除了干草以外什么也不剩了。"传令兵对布袋瞅了瞅说道。

"那么,就给我干草吧。"国王用微弱的耳语声喃喃地说。

爱丽丝很高兴地看到干草使他的精神振奋了许多。"你在觉得虚弱无力的时候,没有什么像吃干草那么好的了。"他把干草咂巴咂巴地咀嚼个精光以后,对她说道。

"我想,往你身上泼些凉水会更好一些吧,"爱丽丝提出一个主意,"——或者闻一点儿嗅盐①。"

"我刚才并没有说再没有什么更好的,"国王回答说,"我刚才只是说没有什么像吃干草那么好。"对于这句话,爱丽丝不敢否认。

"你刚才在路上超过谁了没有?"国王继续说道,一面伸手向传令兵要干草吃。

---

① 嗅盐(sal-volatile),过去欧洲仕女常用药品,用来提神醒脑。

"没有超过谁。"传令兵说道。

"这就对啦,"国王说,"这位年轻的小姐也看见他了。因此,当然没有人比你走得更慢啦。"

"我尽力而为,"传令兵用一种闷闷不乐的声调说,"我敢肯定没有人走得比我快许多!"

"他不可能那样,"国王说道,"否则他就头一个来到这儿了。不管怎么样,现在你已经喘过气来了,你可以告诉我们城市里发生过什么事情啦。"

"我要悄悄地说话。"传令兵说,他把双手做成一个喇叭形放在嘴边,俯下身来靠近国王的耳朵。爱丽丝对此感到遗憾,因为她也想听听新闻。想不到那个传令兵并没有悄悄地说话,反而径直用他最高的声音大声喊叫:"他们又在那样干了!"

"你把这个叫作悄悄地说话吗?"可怜的国王直嚷嚷,他跳了起来,身子摇摇晃晃,"要是你再这么胡来,我就把你抹上黄油!你的声音穿过我的脑袋就像是在闹地震!"

"那可能是规模非常小的地震吧!"爱丽丝心想。"是谁又在那样干了呢?"她斗胆问一句。

"哎，当然是狮子和独角兽①啦！"国王说。

"为争夺王冠而战斗吗？"

"没错，肯定如此，"国王说，"天大的笑话是，始终是为了我的这项王冠！咱们跑去看看他们吧。"他们仨便一路小跑着去，爱丽丝一边跑一边默默地背诵一首老歌的歌词——

> 狮子和独角兽为了王冠而战斗，
> 狮子把独角兽打得满城走。
> 有人给他们白面包，给黑面包的也有，
> 有人给葡萄干蛋糕，把他们从城里轰走。

"他们——哪一个——赢了——就得到王冠吗？"她竭尽所能地发问，因为她跑得喘不过气来了。

"天啊，没有的事！"国王说，"你这是什么想法呀！"

"能不能请你——好心——"爱丽丝又跑了一小段路以后，气

---

① 独角兽（unicorn），传说中的一种怪兽，头和身子像马，后腿像牡鹿，尾巴像狮子，前额正中长着一个螺旋状的角。又，《圣经·旧约全书》中译为"野牛""似牛的双角兽"，见《约伯记》《申命记》。这是七十子希腊文本《圣经》（据传由七十二位犹太学者从希伯来文译为希腊文的《圣经》）将希伯来文 re'em 误译为 unicorn。而 re'em 则是现已绝种的一种野牛。

喘吁吁地说,"停一分钟——让人——缓一口气呢?"

"我是够好心的,"国王说,"只不过不够强壮罢了。你瞧,一分钟闪过去,快得那么吓人。你还不如设法叫停一只'板打死乃去'①为好!"

爱丽丝不再有力气说话了,所以他们不言不语地继续一路小跑,直到看见一大群人围在那里,中央是狮子和独角兽,正在打架呢。他们打得尘土飞扬,云山雾罩,爱丽丝开头看不清楚谁是谁。不过她不久就认出那个有角的是独角兽了。

他们把自己安顿在另一个叫海塔的传令兵正站着看打斗的地方的附近,这海塔一只手端着一杯茶,另一只手拿着一片抹了黄油的面包。

"他只不过刚刚从监狱里放出来,他被关进去的时候,连茶点都没有用完呢,"海耶对着爱丽丝的耳朵悄没声儿地说,"监狱里,只给他们吃牡蛎壳——所以你瞧他饿慌了,渴死了。你好吗,亲爱的孩子?"他用手臂亲热地勾住海塔的脖子,继续说。

海塔回过头来瞅瞅,点点头,然后继续吃他抹了黄油的

---

① "板打死乃去"是原文 Bandersnatch 的音译。这是作者卡罗尔虚构的怪物名,现已收入英文词典之中。上文"停一分钟",原文是 to stop a minute, 这里原文是 to stop a Bandersnatch, 也是作者在文字上开的玩笑。

面包。

"亲爱的孩子,你在监狱里开心吗?"海耶问道。

海塔又一次回过头来瞅瞅,这一次有一两滴泪珠流下了他的面颊,可是他一个字也不说。

"说呀,你不会说话吗?"海耶不耐烦地叫喊。然而海塔只是津津有味地吃东西,张口再喝些茶。

"快点说呀!"国王也叫喊道,"他们打得怎么样啊?"

海塔拼命用劲,把一大块抹了黄油的面包吞了下去。"他们打得非常精彩,"他用噎住的声音说,"每一位都大约摔倒了八十七次。"

"那么我料想他们马上就会把白面包和黑面包送来了吧?"爱丽丝放胆提醒说。

"面包现在正等着他们呢,"海塔说,"我正在吃的就是其中的一点儿嘛。"

正在此时,战斗停了下来,狮子和独角兽坐下,大口大口地喘气,国王这时就高声叫道:"给他们十分钟时间吃点心!"海耶和海塔立刻着手干活,把几个盛着白面包和黑面包的圆托盘端过来。爱丽丝拿起一片尝尝,可是面包干得要命。

"我想他们今天不会再打啦,"国王对海塔说,"去传令把鼓敲起来。"海塔马上像一只蚱蜢那样一跳一跳地跑去了。

爱丽丝静静地站了一两分钟,眼睛瞧着他。忽然之间她容光满面。"瞧啊,瞧啊!"她喊道,急切地用手指着,"白王后正从乡村那儿跑过去!她从那边的树林里飞跑出来——那些王后都能跑得多么快啊!"

"毫无疑问,一定是哪个敌人在追逐她,"国王连头也不回,说道,"那片树林里充满敌人。"

"不过你是不是准备跑过去帮助她呀?"爱丽丝问,她非常惊讶国王对此事竟然如此平静。

"没用,没用!她跑起来快得简直吓人。你也许倒不如去抓住一只'板打死乃去'为好!不过,假如你喜欢的话,我就把关于她的事写一条备忘录——她是一位亲爱的好人,"国王打开备忘本的时候,又柔声地自言自语说一遍,"你拼写'creature'是不是连写两个'e'[①]?"

就在此时,那只独角兽双手插在口袋里,闲逛着从他们身边走过。"这一次我大获全胜了!"他对国王说,在走过去的时候,只是对他瞟了一眼。

---

① creature,"生物""人儿"之意。前一个音节 crea 读如 cree,所以这样问。

"有一点儿——有一点儿,"国王相当紧张地回答,"你不应该用你的角把他捅穿了,你知道。"

"那并没有伤着他,"独角兽满不在乎地说,他继续走着的时候,眼光偶然落在爱丽丝身上。他立即转过身来,站立一会儿,用一种深恶痛绝的样子望着她。

"这是——什么——东西?"他终于问道。

"这是一个小孩子呀!"海耶急切地回答说,他走到爱丽丝的前面介绍她,双手以一种盎格鲁-撒克逊的姿势向她伸出来,"我们刚刚在今天发现它的。它跟真人一样大小,比野生的大一倍!"

"我一直以为这些孩子是传说里的怪物!"独角兽说道,"它是活的吗?"

"它能说话。"海耶一本正经地说。

独角兽神情恍惚地对爱丽丝瞧着,说道:"说呀,小孩子。"

爱丽丝忍不住抿嘴一笑,开始说道:"你可知道,我也一直以为独角兽都是些传说中的怪物呢!我过去从来也没有看见过一个活的!"

"嗯,现在我们已经看见彼此啦,"独角兽说,"假如你相信我,我也会相信你。这是不是一件公平的交易啊?"

第七章 狮子和独角兽 141

"是的，如果你高兴这样说的话。"爱丽丝说道。

"来吧，老家伙，把葡萄干蛋糕拿出来！"独角兽把头从她转向国王，继续说道，"决不要再把你的黑面包给我吃！"

"当然——当然！"国王咕咕哝哝地说，同时向海耶招招手。"把布袋打开！"他低声耳语，"快些！不要那个——那个全都是干草！"

海耶从布袋里取出一块大蛋糕，递给爱丽丝叫她拿着，又取出一个碟子和一把切肉刀。那些东西怎么会——从布袋里钻出来，爱丽丝猜不到。她想，那就好像是变魔术一样。

在这个事情正在进行的时候，狮子也已经加入他们。他看来非常疲倦，睡眼惺忪，半睁半闭。"这是什么呀！"他说，对着爱丽丝懒洋洋地眨眼睛，说话的声调深沉空洞，听来像是一口大钟发出的轰鸣声。

"啊，这是什么，是吧？"独角兽急切地嚷嚷，"你怎么也猜不到！我都猜不到。"

狮子软弱无力地瞧着爱丽丝。"你是动物呢——还是植物呢——还是矿物呢？"他问道，每说一个单词就打一个呵欠。

"它是一个传说中的怪物！"爱丽丝还来不及回答，独角兽就大声叫起来。

爱丽丝在一条小溪旁挑了个地方坐着,用那把刀卖力地锯呀锯的。

"那么,怪物,把葡萄干蛋糕给每一位来一份吧!"狮子说着就趴下来,下巴颏儿搁在前爪上。"坐下来呀,你们两个,"狮子对国王和独角兽说,"你知道,蛋糕要公平对待!"

国王不得不坐在两头巨兽的中间,显然觉得非常不舒服,可是这里没有别的地方给他坐了。

"刚才,为了这顶王冠,咱们也许打得够呛啊!"独角兽说,鬼鬼祟祟地对那顶王冠抬眼望去。可怜的国王几乎把王冠摇动得从头上掉下来了,他浑身颤抖得好厉害呀。

"我应该轻易取胜的。"狮子说。

"对此我可不那么肯定。"独角兽说。

"怎么着,我把你打得满城转,你这只小鸡!"狮子怒气冲天地回答,说话间挺起了半个身子。

这时,国王插嘴了,以免这场口角继续闹下去。他非常紧张,声音抖得厉害。"满城转吗?"他说,"那可是相当长的路啊。你们走过那座老桥没有,或者走过那个市场没有?你们在老桥上能看到最好的景致。"

"我肯定不知道,"狮子又趴下去的时候,咆哮着说,"灰尘太大啦,什么也看不见。那个怪物费了多少时间啦,就切那么一块蛋糕!"

爱丽丝在一条小溪旁挑了个地方坐着，把那个大盘子放在膝盖上，用那把刀卖力地锯呀锯的。"这件事情非常伤脑筋！"为了回答狮子的话，她说（她已经渐渐习惯被人叫作"怪物"了），"我已经切开好几块了，可是蛋糕总是重新合在一起！"

"你不懂得如何对付镜中蛋糕，"独角兽指出来，"先挨个分给我们吃，然后再切。"

这句话听来好荒谬，但是爱丽丝顺从地站起身来，端着盘子送一圈，她这样做的时候，蛋糕便自己一分为三。"现在切开了吧！"狮子说，这时她已经端着个空盘子回到自己的地方。

"我要说，这不公平！"独角兽直嚷嚷，爱丽丝则手里拿着刀坐在那儿，完全搞不懂如何应对。"那个怪物给狮子的蛋糕比我的大一倍！"

"不管怎么样，她没有给她自己留一份呀，"狮子说，"怪物，你喜欢吃葡萄干蛋糕吗？"

然而，爱丽丝还没有来得及回答他的话，许多鼓已经开始咚咚地敲了起来。

她弄不明白这闹哄哄的声音是从什么地方发出来的。空气中似乎充满了鼓声，一阵又一阵地穿透她的头脑，直到她觉得耳朵都要震聋了。她一下子跳起来，惊恐万状地跃过了那条小溪。她双膝跪地，双手捂住耳朵，徒劳无功地试图堵住那可怕的轰鸣声。在此之前，她刚好看见狮子和独角兽站起身来，由于宴饮被打断了而面露愠色。

"如果那个鼓声都不能'把他们轰出[①]城市'，"她心中暗自思索，"那就什么都不可能把它们赶走了！"

[①] 鼓或鼓声的原文是drum；轰出去的原文是drum out。这里的原文语意双关。

第八章

"这是我自己的发明"

过了一会儿，闹哄哄的声音似乎渐渐消失，直到一切都归于静寂无声，爱丽丝才抬起头来，感到有一些惊慌。眼前不见一个人影，她头一个想法是自己刚才一定是梦见了有关狮子呀，独角兽呀，以及那两个奇怪的盎格鲁-撒克逊传令兵的种种怪事。然而，那个大盘子却依然放在她的脚边——她就是用这个东西试着切葡萄干蛋糕的。"那么，说到底，我刚才并没有做梦啦，"她心里琢磨着，"除非——除非我们大家都是同一个梦中的一部分。只不过我的确希望那是我的梦，而不是红国王①的梦！我不喜欢附属于另外一个人的梦。"她用一种颇为抱怨的口吻继续说："我非常想去叫醒他，看看究竟发生了什么事情！"

就在这时候，她的想法被一阵高声叫喊打断了。在"啊嗬咦！啊嗬咦！将你的军！"的大喊声中，一名身穿红色盔甲的骑

---

① 第七章开头第三段原文是说"白国王"，这里原文却说"红国王"，也许是作者笔误。

第八章 "这是我自己的发明" 149

士骑马向她这边飞奔而来,手中挥舞着一根巨大的棍棒。刚奔到她面前,那匹马便突然停下来。"你是我的俘虏!"骑士这样喊叫的时候,自己却从马背上摔了下来。

爱丽丝吓了一跳,虽然如此,这时候她却为骑士担惊受怕胜过为自己感到害怕,而且还有些忧心忡忡地瞧着他重新骑上马背。不料他刚在马鞍上舒舒服服地坐好,便再次嚷开了:"你是我的——"但是这时候另一个声音插进来喊道:"啊嗬咦!啊嗬咦!将你的军![1]"爱丽丝有些惊讶地回头打量新来的敌人。

这一次是一个白骑士。他在爱丽丝的身旁拽停了马,却像那个红骑士一样从马背上摔下来。然后他又翻身上马,两个骑士骑在马上,好一阵子彼此对视,一言不发。爱丽丝有些迷惑不解,一会儿望望这个,一会儿瞧瞧那个。

"你知道,她是我的俘虏!"红骑士终于开口了。

"不错,可是我来救她啦!"白骑士回答说。

"那么,好啊,我们必须为她而战斗啦!"红骑士边说边拿起他的头盔(这个头盔挂在马鞍上,有些像马头的形状),戴在

---

[1] 原文"Check!"是下国际象棋时攻击对方国王或王后的用语。这里,骑士(马)把爱丽丝当成王后来攻击。

头上。

"当然啦,你会遵守战斗规则吧?"白骑士提醒说,他也戴上了他的头盔。

"我一直是这样的。"红骑士说,他们彼此就打起来了,打得凶猛至极,爱丽丝赶快躲在一棵大树后面,以免被打中。

"现在,我弄不明白,战斗规则究竟是什么。"她从躲藏的地方,小心翼翼地探出头来,看着那场打斗,心里琢磨着:"一个规则似乎是:假如一个骑士打中另外一个,就把他从马背上敲下来;假如他没有被敲下来,他就自己摔下来。另外一个规则似乎是:他们各把自己的棍棒抱在怀里,仿佛他们俩是潘趣和朱迪①似的——他们摔倒的时候弄出多么大的响声啊!正像一整套火钳、通条、火铲等都倒在火炉围栏里似的!那两匹马又是多么安静啊!就像是两张桌子似的,任凭两个骑士爬上摔下!"

还有一个战斗规则爱丽丝没有注意到,那个规则似乎是他们总是头下脚上地摔倒。这场战斗的结束正是他们两个就这样头朝下、肩并肩摔下马来。他们重新站起来的时候,彼此握握手,然后那个红骑士翻身上马,奔驰而去。

---

① 潘趣和朱迪(Punch and Judy),英国传统滑稽木偶剧中的两个滑稽角色。

"这是一次辉煌的胜利,是不是呀?"白骑士说,他气喘吁吁地走上前来。

"我不知道,"爱丽丝心存疑虑地说,"我不想成为任何人的俘虏。我想成为一个王后。"

"在你跨过下一条小溪的时候,就会成为一个王后了,"白骑士说,"我准备把你安全地送到这片树林的尽头——然后,你知道,我必须赶回来。这是我的最后一步棋。"

"非常感谢,"爱丽丝说,"我可以帮助你卸下你的头盔吗?"显然他无法自己做到,爱丽丝设法帮他挣脱了那顶头盔。

"现在可以比较舒畅地呼吸了。"白骑士说,同时用双手把蓬乱的头发往后捋,转过温文尔雅的脸,用目光柔和的大眼睛看着爱丽丝。她觉得自己这辈子从来也没有见到过模样如此奇特的兵。

他穿着一件铁皮制的铠甲,看来非常不合身,带子交叉绕过双肩,系着一个奇形怪状的松木小箱子,底朝上,口朝下,盖子打开悬挂在那儿。爱丽丝盯着盒子瞧,感到好生奇怪。

"我看出来你欣赏我的小箱子,"白骑士用友好的口吻说,"这是我自己的发明——里边装衣服和三明治。你瞧我把它底朝天地带着,这样雨水就不会淋进去了。"

"可是里边的东西会掉出来呀,"爱丽丝温和地指出,"你可知道盖子是开着的?"

"我不知道这一点,"白骑士说,一阵烦恼的阴影掠过他的脸,"那么所有的东西一定都已经掉出来啦!没有这些东西,这个箱子就没有用啦。"说话间他就解下了那只小箱子,他正打算把它扔进灌木丛里的时候,一个想法似乎在头脑中一闪,于是他把那个小箱子小心地挂在一棵树上。"你猜得出来我为什么这样做吗?"他问爱丽丝。

爱丽丝摇摇头。

"希望有些蜜蜂会在里边做窝——那么我就会采到蜂蜜了。"

"不过你已经有了一个蜂箱——或者像是蜂箱的东西——系在马鞍上了呀!"爱丽丝说。

"不错,那是一个非常好的蜂箱,"白骑士用一种闷闷不乐的声调说,"是最好的蜂箱之一。然而到现在还没有一只蜜蜂飞近它。它还有一种作用,当捕鼠器。我猜想是老鼠使蜜蜂都不进来——要不然就是蜜蜂使老鼠都不进来,我不明白究竟哪一种想法是对的。"

"我在想那个捕鼠夹是做什么用的,"爱丽丝说,"看来不大可能有什么老鼠跑到马背上去呀。"

"也许是不大可能,"白骑士说,"不过,要是它们真的跑来了,我可不会喜欢让它们到处乱窜。"

"你瞧,"他停了一停,继续说,"一切事情还是预先做准备为好。这也就是这匹马的四只蹄子全都套上了踝环的原因。"

"不过那些踝环是做什么用的呢?"爱丽丝用一种极为好奇的声音问道。

"为了防备鲨鱼咬呀,"白骑士回答说,"这是我自己的发明。现在帮我上马吧。我将陪你走到树林的尽头——这个盘子是做什么用的?"

"这是用来放葡萄干蛋糕的。"爱丽丝说。

"我们还是把它带走为好,"白骑士说,"要是我们能找到葡萄干蛋糕的话,这个盘子就用得着了。帮我把它塞到这个口袋里。"

即使爱丽丝非常小心地把口袋撑开,这件事还是费了好大的周折,因为骑士把盘子放进口袋的动作非常笨手笨脚。最初两三次试下来,盘子没进去,他自己却跌进去了。"你瞧,这东西装得太紧绷绷的啦,"他们终于把盘子塞进去以后,他说,"口袋里有那么多的蜡烛台呢。"于是他把口袋挂在马鞍上,马鞍上已经承载了一捆捆的胡萝卜、火炉用具,以及许多其他物品。

"我希望,你已经把头发好好地扎起来了吧?"他们上了路,他继续说。

"只不过像平时那样扎。"爱丽丝微笑着说。

"这是很不够的,"他焦急地说,"你瞧,这里的风刮得非常猛烈,就像浓汤一样猛烈。"

"你可曾发明一个东西,叫头发不会被风吹散呢?"爱丽丝问道。

"现在还没有,"白骑士说,"不过我已经有一个办法,叫头发不会垂落。"

"我愿意听听,非常愿意。"

"首先你要拿来一根笔直的小棍子,"白骑士说,"然后设法让你的头发攀上小棍子,就像一株果树似的。头发之所以会垂落开来,正是因为它往下悬挂——事物从来都不往上掉的,你知道。这是我自己发明的办法。要是你高兴,你不妨试试看。"

爱丽丝心想,这听起来可不是一个令人愉快的办法。有几分钟工夫,她不言不语地往前走,对于那个想法迷惑不解。时不时地,她停住脚步,扶一扶那个可怜的白骑士,他肯定不是一个好骑手。

那匹马每一次止步不前的时候(它频频止步不前),白骑士总是往前摔下来；每一次重新继续开步走的时候（它通常是相当突然地开步走），白骑士总是往后掉下来。在其他状态之下，他倒是维持得相当不错，除了他有一个习惯，要时不时地从两边掉下来。因为一般来说，他老是在爱丽丝行走的那一边掉下来。爱丽丝不久就发现，最好的办法是行走的时候，不要太靠近那匹马。

"恐怕你在骑马方面没有经过很多练习吧！"当白骑士第五次摔下来，她扶他上马时，她大着胆子说。

白骑士露出非常惊讶的样子，对这个说法感到有一点儿受辱。"是什么使你说这句话的？"他问道，一面爬回马鞍上，一只手还揪着爱丽丝的头发不放，以免自己往另一边摔下去。

"因为人们经常练习的话，他们就不会那么频繁地掉下来。"

"我有过大量的练习，"白骑士非常严肃地说，"大量的练习！"

爱丽丝想不出比"真的吗？"更好的话了。不过她说这句话的时候尽可能地亲切诚恳。此后，他们静静地继续走了一小段路，白骑士闭上眼睛，喃喃自语，爱丽丝则焦急地看着他，怕他又摔下来。

"骑马的伟大艺术，"白骑士忽然之间开始大声说，他一面说，一面挥动着右臂，"在于保持——"说到这儿，就像他突然开始一样，句子突然中断了，白骑士头顶朝下，重重地摔了下来，不偏不倚地摔在爱丽丝正在行走的那条小路上。这一次，爱丽丝可吓坏了，她一边把他搀扶起来，一边焦虑地问："你的骨头没有摔断吧？"

"不值一提，"白骑士说，仿佛他不在乎摔断那么两三根骨头，"骑马的伟大艺术，正如我刚才要说的，在于恰当地保持你的平衡。你知道，就像这样——"他放掉缰绳，伸开双臂，演示给爱丽丝看他所说的意思，可是这一次他摔得仰面朝天，直挺挺地躺在那儿，正好在马蹄下面。

"大量的练习！"他继续重复着说——这时候爱丽丝一直在扶他重新站起来，"大量的练习！"

"真是太可笑了！"爱丽丝喊起来，这一次她完全失去了耐心，"你应该骑一匹带轮子的木马，这才是你应该骑的！"

"那种东西走起来平稳吗？"白骑士用深感兴趣的口吻问道，同时用双臂紧紧搂着马脖子，刚好来得及使自己免于再次摔下来。

"比一匹活马可是要平稳得多啦！"爱丽丝说着，尖声笑了出来，尽管她竭尽全力忍住。

第八章 "这是我自己的发明"

"我要弄一匹,"白骑士自思自量地说,"一匹或者两匹——好几匹。"

这以后,是一阵短暂的沉默,接着白骑士又继续说起话来:"我是一个发明新事物的高手。嗯,我敢说你已经注意到了,上一次你搀扶我立起来的时候,我那副样子是陷入深思之中,是吧?"

"你那时候有点儿沉闷。"爱丽丝说。

"嗯,当时我正在设计一种越过木栅门的新方法——你愿意听听吗?"

"的确非常愿意。"爱丽丝彬彬有礼地说。

"我来告诉你我是怎么想起来的,"白骑士说,"你瞧,我对自己说:'唯一的困难在于双脚,头部已经够高了。'于是,我首先把自己的头搁在木栅门的顶端——这时头够高了——然后我头朝下竖起来——这时双脚就够高了,你瞧——然后我就越过了木栅门,你瞧。"

"是的,你那样做了以后,我料想你会越过木栅门的,"爱丽丝思考着说,"不过,你不认为那样做会有相当大的难度吗?"

"我还没有试过,"白骑士阴沉地说,"所以我无法确切地知道——不过我想那样做会有一点儿难度。"

对于这一想法,他露出那么恼怒的样子,使得爱丽丝急忙改变了话题。"你这顶头盔是多么奇怪呀!"她喜形于色地说,"这也是你的发明吗?"

白骑士骄傲地朝下对挂在马鞍上的头盔望了一眼。"不错,"他说,"不过我曾经发明过一顶比这个更好的——像一块塔糖①。在我经常戴那顶头盔的时候,假如我摔下马来,头盔总是笔直地着地。你瞧,这样一来我摔下来就是小意思了——不过,毫无疑问,的确有跌进头盔里去的危险。有一次我碰上了这种情况——最糟糕的是,我还没能从头盔里挣脱出来,另一个白骑士就来把它戴到头上了。他认为那是他本人的头盔。"

白骑士对于此事流露出那么阴沉沉的样子,以致爱丽丝不敢笑出声来。"我怕你一定伤着他了吧,"她声音颤抖着说,"你是压在他的头顶上呀。"

"当然啦,我不得不踢他,"白骑士非常严肃地说,"于是他再把头盔脱下来——可是费了几个小时才把我拉出头盔。我当时快得②——像闪电一样,你知道。"

---

① 塔糖(sugar loaf),一种圆锥形的糖块,欧洲中世纪末期至19世纪中期糖块多制成这种形状。
② "快"的原文fast也可以解释为"紧"。这里本该是"紧"的意思,表明紧得难以挣脱头盔,但是接下来用"闪电"作比,就成为"快"的意思了。所以下文作了反驳。

第八章 "这是我自己的发明" 159

"不过那个和快是两码事。"爱丽丝反驳说。

白骑士摇摇头,"我肯定地对你说,在我看来所有的快呀紧呀都一样!"他说,说的时候,双手有些激动地抬起来,立刻便从马鞍上滚下来了,一个倒栽葱跌进深水沟里。

爱丽丝跑到水沟边上寻找他。她对于这次摔跤很是吃惊,因为白骑士一路骑来,有一段时间非常顺当,她生怕这一次他真的受伤了。然而,虽然爱丽丝除了看见他的一双脚底以外,什么也看不见,但她还是大大松了一口气,因为她听见他正在用他平常的声调说着话呢。"一切快呀紧呀的,"他重复说,"可是他那么粗心大意,把别人的头盔戴在头上——而且头盔里还有一个人呢。"

"你头朝下的时候,怎么能够继续不慌不忙地说话呀?"爱丽丝问,一面抓着他的双脚,把他拽出来,放在水沟边上,让他躺成一堆。

白骑士对于这个问题倒是惊讶不已。"我的身躯在哪儿又有什么关系?"他说,"我的头脑还是一样在继续工作啊。事实上,越是头朝下,我越是不停地发明新东西。"

"现在,在我发明过的所有东西之中最最聪明的一种,"他停了停,继续说道,"就是在上一道肉菜的时候发明了一种新的布丁。"

"能及时蒸好作为下一道菜吗？"爱丽丝问道，"嗯，的确，那真是快手干的活儿啊！"

"嗯，那不是下一道菜，"白骑士思索着，用慢条斯理的声调说，"不是的，当然不是下一道啊。"

"那么，那一定是第二天了。我料想你不会在一次宴会中上两道布丁吧？"

"嗯，那不是第二天，"白骑士像先前那样重复说，"不是第二天。"他继续说，头垂了下来，声音变得越来越低："事实上，我不相信那种布丁曾经被蒸过！事实上，我不相信那种布丁将来会被蒸！然而，那曾经是发明出来的非常聪明的布丁。"

"你那时候打算用什么做布丁呢？"爱丽丝问道，希望使他高兴起来，因为这位可怜的白骑士对于这件事似乎情绪很低落。

"开头要用吸墨水纸。"白骑士呻吟一声，回答说。

"恐怕那不会很好吃吧——"

"单单这一样不会很好吃，"他急切地打断她的话，"但是你想象不到它做出来的味道有多么不同：把吸墨水纸跟别的东西混合起来——比如黑色火药和封蜡。不过在这儿我必须离开你啦。"他刚刚来到了这片树林的尽头。

爱丽丝只能带着迷惑不解的样子,因为她正在思考着关于布丁的事呢。

"你不开心,"白骑士用一种忧虑的声调说,"让我给你唱一首歌安慰你吧。"

"那首歌很长吗?"爱丽丝问道,因为这一天她已经听过许多诗歌了。

"是很长,"白骑士说,"不过它非常非常美。不论谁听到我唱这首歌——或者是听得热泪盈眶,或者是——"

"或者是什么呀?"爱丽丝问道,因为白骑士忽然煞住不言语了。

"或者是没有热泪盈眶,你知道。这首歌的曲名叫作《黑线鳕[①]的眼睛》。"

"哦,那是一首歌的曲名,是吗?"爱丽丝问道,她试着使自己假装有兴趣。

"不,你不明白,"白骑士说,看来有些心烦的样子,"那是人家这么叫的曲名。真正的曲名是《老而又老的老头儿》。"

"那么我刚才应该说:'那首歌是那么被人叫的?'"爱丽丝

[①] 黑线鳕(haddock),产于北大西洋的一种鱼。

自己纠正说。

"不,你不应该这么说。这是另一码事!这首歌人家叫作《方法和手段》。这只不过是人家这样叫,你知道!"

"嗯,那么,那究竟是什么歌呢?"爱丽丝问道,她这一次完完全全给弄糊涂了。

"我正准备说呀,"白骑士说道,"这首歌真正的名字是《坐在大门上》,曲子是我自己编的。"

说话间,他勒住了马,让缰绳落在马脖子上。然后,他用一只手慢慢地打着拍子,用一丝淡淡的笑容使他那张和蔼的傻乎乎的脸明亮起来,仿佛陶醉在自己的歌曲的音乐声中。他唱开了。

在爱丽丝穿越镜子的旅程中,她所见到的所有怪人怪事,要数这一次她记得最清楚了。许多年以后,她还能把整个场景再回想起来,仿佛那只不过是昨天发生的事情——白骑士那一双温和的蓝眼睛,善意的微笑——西斜的阳光闪耀着穿过他的头发,照在他的铠甲上,反射出闪亮的光芒,使她眼花缭乱——那匹马静静地走来走去,缰绳松松地挂在它的脖子上,它啃嚼着爱丽丝脚边的青草——以及那片树林后面的黑黢黢的阴影——她把这一切像一幅画一样尽收眼底。这时,她一只手架在眉毛上遮挡阳光,身子靠着一棵树,瞧着那奇怪的一对,半梦半醒地聆听那首歌的忧郁悲伤的曲调。

"不过那曲子并不是他自己编的,"她心里琢磨着,"那是《给你更多》的曲子。"她站在那儿非常专心地听着,然而并没有热泪盈眶。

> 凡是我能讲的我都对你讲:
> 　　并没有多少事好谈。
> 我看见老而又老的一个人,
> 　　他坐上一扇木栅门。
> "你是谁,老人家?"我问,
> 　　"你以什么为生?"
> 他的话经过我头脑滴滴答,
> 　　就像水经筛眼掉落下。

> 他说道:"我在寻找花蝴蝶,
> 　　它们在小麦田息歇。
> 把它们和在羊肉饼里头,
> 　　我到街上去出售。
> 把它们卖给水手,"他说道,

"水手们在海上迎风暴。
就用这个办法挣面包——
　　微不足道，别见笑。"

不过我心中正有个考虑：
　　把络腮胡子染绿，
并一直用一把特大的扇子，
　　遮住不让人窥视。
因此，我没有言语回答
　　那个老人家的话，
却嚷道："说吧，你何以维生！"
　　并敲击他的脑门。

他轻言细语把故事叙述，
　　他说："我走我的路，
忽然发现了山泉一道，
　　便放火使它燃烧。
他们因此制成的货物有：

罗兰的望加锡①发油——
然而两个半便士
　　就算是我全部的酬劳。"

不过我在想一个办法,
　　让人把蛋奶糊吃下,
天天这样吃呀吃得发胀,
　　变得有点儿发胖。
我把他左右摇个不停,
　　摇得他脸色发青。
我喊道:"说吧,你过得可称心?
　　目前干什么营生?"

他说:"我在美丽的石楠林,
　　猎取黑线鳕的眼睛,
把它们在夜深人静之后,

---

① 望加锡(Macassar),印度尼西亚苏拉威西岛西海岸的一个港市。现在叫作乌戎潘当(Udjung Pandang)。

制成背心的纽扣。
卖纽扣我金子赚不到手,
　　　银闪闪的硬币也没有,
只不过一枚铜钱半便士
　　　就买我九个扣子。

"有时我挖土掘黄油面包卷,
　　　捉螃蟹用粘鸟胶去粘。
有时我在杂草丛生的土墩墩,
　　　寻找双座马车①车轮。
这就是办法,"(他眼睛眨一眨)
　　　"我由此得钱财而发达——
我非常乐意举杯而干,
　　　祝阁下贵体健康。"

我当时听他谈,因为我刚刚

---

① 双座马车(Hansom-cad),一种双轮双座马车,驭者站立在车厢后面,设计者为英国建筑师 Joseph A. Hansom(1803—1882)。

完成了我的方案：
为使得湄南桥不至于生锈，
　　浸它在酒里煮透。
我非常感谢他告诉我他那
　　发财致富的办法。
不过主要是他乐意喝干，
　　祝我的贵体健康。

此时，要是我竟然不在意，
　　把手指伸进胶水里，
或者把右脚发疯地挤呀挤
　　硬塞进左脚的鞋子里，
或者要是我把重东西
　　对着脚趾头砸自己，
我哭泣是因为它使我想起，
　　那个老头儿我一直很熟悉——

他看来很和气，说话慢吞吞，
他头发比雪还要白一分，

他脸儿长得像一只乌鸦，
　　眼睛红似火，就像煤炭渣，
　　他似乎遭灾难，精神错乱，
　　他摇动身子，前后晃荡，
　　低声自语咕噜噜说不断，
　　仿佛嘴巴里塞满了生面团，
　　他像个水牛响着鼻息声——
　　很久以前在夏日的黄昏
　　　　他坐在木栅门上端。

　　白骑士唱着这首民谣打油诗，唱到最后一个字的时候，他便收起缰绳，把马头转向他们来的那条道路。

　　"你只要再走几码，"他说，"走下那座小山，走过那条小溪，那时候你就会成为一位王后啦——不过，你愿意先待一会儿，目送我离开吧？"他添了一句说，这时，爱丽丝正转过头来，急切地望着他手指的方向。"我不会要多久的。在我骑到那条路的转角处的时候，你在这儿等着，摇摇你的手帕！我想那样会给我鼓励的，你瞧。"

　　"我当然会在这儿等的，"爱丽丝说，"非常感谢你送我这么远——还要感谢你唱了那首歌——我非常喜欢听。"

"但愿如此，"白骑士心存疑虑地说，"不过你并没有像我所预料的那样哭得厉害。"

于是他们握握手，白骑士便骑着马慢慢地走进树林。

"我希望，目送他离去不会要很长的时间，"爱丽丝自言自语，她站在那儿，眼睛一直朝他看着，"瞧他那副样子啊！又像往常那样倒栽葱啦！不过，他很容易就调整好了——那是由于马身上到处都挂着东西——"她继续自言自语，一面瞧着那匹马不紧不慢地沿着那条路走去，白骑士却一会儿从这边摔下去，一会儿从那边摔下去。

摔了四五次之后，他终于到达转角处，爱丽丝便对他挥动手帕，直到他从眼前消失。

"我希望这样做鼓励了他，"她转身奔下小山的时候说，"现在只要越过最后一条小溪，就可以成为一个王后啦！这听起来多么了不起呀！"她再走几步就来到这条小溪的边上了。"终于走到第八个方格啦！"她大声嚷嚷，蹦了过去。

她一下子躺倒在像苔藓一样柔软的草坪上休息,草坪上零零落落地点缀着一些小花坛。"哦,来到了这里,我是多么开心啊!我头上这是什么东西呀!"她举起双手去摸头上一个非常沉重的东西,用一种惊愕的声调叫喊起来,那个东西紧紧地箍住她的头。

"不过这个东西怎么能够在我不知道的情况下戴在我的头上呢?"她心里琢磨着,把它取了下来,放在她的裙兜上,想弄明白究竟是什么东西。

原来那是一顶金王冠。

第九章

爱丽丝王后

"好呀，这很了不起！"爱丽丝说，"我从来没有想到自己这么快就成了一位王后啦——让我来告诉你该怎么办吧，王后陛下，"她用一种严肃的声调继续说（她总是很喜欢训斥自己），"你决不可以像这样在草地上东躺西靠的！王后们必须有威严的气派，你该知道！"

于是她站起身来，走来走去——刚开始的时候显得很僵硬，因为怕那顶王冠会掉下来。不过想到这里没有人看见她，她便放下心来。"如果我真的是一位王后，"她又坐下来的时候说，"那么我一定能够及时地、很好地戴上它的。"

一切事情都在那么稀奇古怪地发生着，因此，当她发现红王后和白王后一边一个紧挨着坐在自己身边的时候，她一点儿都不感到惊讶。她本来很想问她们是怎么来到这儿的，但是又怕这样问不太有礼貌。不过，她想，问问那盘棋是否下完了大概没有关系。"请问，你能告诉我——"她开口问，怯生生地望着那位红王后。

"王后们必须有威严的气派,你该知道!"

"别人对你说话你才能说话！"红王后尖锐地打断她的话。

"可是，如果人人都遵守这条规则的话，"爱丽丝说，她总是喜欢跟人稍微争论一番，"如果你只在别人对你说话的时候才说话的话，而别人又总是等着你先开口，你瞧，那就没有人会说一句话啦，所以啊——"

"荒谬！"那位红王后高声说，"喂，难道你不知道，孩子——"说到这儿，她皱起眉头，不说下去了。想了一会儿以后，她忽然改变了话题："你刚才说'如果我真的是一位王后'是什么意思？你有什么权利这样称呼你自己？你知道，你不能成为一位王后，除非你通过了适当的考试。咱们越是早一些开始便越好。"

"我只不过说'如果'呀！"可怜的爱丽丝用一种苦恼的声调为自己辩护。

那两个王后彼此望望，然后红王后有些颤抖地说道："她说她只不过说'如果'——"

"然而她说了很多，不止这么点儿！"白王后绞扭着双手，悲叹着说，"哦，比这么点儿要多得多！"

"你知道，你的确说过的，"红王后对爱丽丝说，"永远说真话——想过之后再说话——然后把它写下来。"

"我肯定我并没有那个意思——"爱丽丝刚开始说就被红王后不耐烦地打断了。

"这正是我所抱怨的!你应该有什么意思!你倒说说一个没有任何意思的孩子有什么用处?即使是一个笑话也应该有什么意思的——而我希望,一个孩子比一个笑话重要得多。你无法否认这一点,即使想用双手去否认也否认不了。"

"我从来不用我的双手否认什么东西!"爱丽丝反驳说。

"没有人说你这么做过,"红王后说,"我是说如果你想这样做也办不到。"

"她是有那种心理状态,"白王后说,"她要否认某种东西——只不过不知道要否认什么东西罢了。"

"可恶的坏脾气呀!"红王后批评说。接着是一两分钟令人不愉快的沉默。

红王后打破了沉默,对白王后说道:"我邀请你今天下午参加爱丽丝的宴会。"

白王后微微一笑,说道:"我也邀请你。"

"我完全不知道自己要举行什么宴会呀,"爱丽丝说,"而且,如果有宴会的话,我觉得应该由我来邀请客人才是。"

"我们给过你这样的机会,"红王后评论说,"可是我敢说,迄今为止，在规矩方面你还没有上过几次课，没有学到过多少东西。"

"上课不教规矩，"爱丽丝说，"上课教你做算术，以及那一类的东西。"

"那么你会做加法吗？"白王后问道，"一加一加一加一加一加一加一加一，是多少？"

"我不知道，"爱丽丝说，"我算不过来。"

"她不会做加法，"红王后打断她的话，"那么你会做减法吗？你算算八减九吧。"

"你知道，我不会做八减九，"爱丽丝不假思索地回答说，"不过——"

"她不会做减法，"白王后说，"那么你会做除法吗？一把刀分割一个长方面包——这个答案是什么？"

"我想是——"爱丽丝刚一开口，红王后就替她回答了，"涂黄油的面包，当然咯。做做另外一道减法算术吧。从一只狗嘴里拿去一根肉骨头，还剩下什么？"

爱丽丝考虑着："如果我拿去那根肉骨头，当然咯，肉骨头不会留下来——可是那只狗也不会留下来。它会跑来咬我的——而我肯定我决不会留下来！"

"那么你认为什么东西都不会剩下吗?"红王后问道。

"我认为这正是答案。"

"跟先前一样,又错啦,"红王后说,"那只狗的脾气会剩下来。"

"可是我看不出怎么——"

"嘿,你瞧!"红王后高声说,"那只狗会发脾气的,是不是?"

"它也许会。"爱丽丝小心翼翼地回答。

"那么,如果那只狗走掉了,它发出来的脾气却会留下来!"①红王后扬扬得意地直嚷嚷。

爱丽丝尽可能严肃地说:"狗和它的脾气也许会各走各的路。"不过她心里无法不想:"我们说的话真是无聊透顶!"

"算术她一点儿都不会做!"两位王后加重语气、异口同声地说。

"你会做算术吗?"爱丽丝突然转过身来冲着白王后问道。她可不愿意被人找出这么多的错来。

白王后喘着气,闭上眼睛。"我会做加法,"她说,"只

---

① 发脾气原文是 lose its temper,其中 lose 作为单词是"丢失"的意思。这里作者故意照字面的意思,说"脾气会留下来"。

要——不过在任何情况之下我都不会做减法!"

"这么说你会背 ABC 啦?"红王后问道。

"当然,我懂。"爱丽丝说。

"我也懂,"白王后悄没声儿地说,"亲爱的,咱们以后会常常一起背字母表的。我告诉你一个秘密吧——我能读懂只有一个字母的词①!这一点,不是很了不起吗?不管怎么着,千万别泄气。到时候你也会的。"

说到这儿,红王后又发话了。"你能回答实用的问题吗?"她问道,"面包是怎么做成的?"

"这事情我知道!"爱丽丝心急地大声说,"你拿一些面粉——"

"你在哪儿采一些花朵②?"白王后问道,"是在花园里,还是在树篱间?"

"嗯,那完全不是采来的,那是磨——"

"那块地有多少亩③?"白王后问道,"你一定不可以忽略掉

---

① 一个字母的词,指 a(一个),I(我),O(哦)等,在英文中为数很少。
② 面粉原文是 flour,花朵原文是 flower,两者读音相近。作者有意利用谐音字这样写,但是中文难以表达。
③ 磨原文是 ground(grind 的过去式及过去分词);地的原文同样是 ground。作者利用这一词多义的情况做文字游戏。这里用"磨"和"亩"的近似音表达。

那么多东西。"

"扇扇她的头脑吧!"红王后焦急地打断她的话,"在费了那么多脑筋之后,她会发烧的。"于是她俩着手用一簇树叶替她扇扇,直扇得她乞求她俩住手为止,她的头发被扇得乱蓬蓬的了。

"她现在又一切正常了,"红王后说,"你懂语言吗?fiddle-de-dee 的法语怎么说?"

"fiddle-de-dee 不是英语啊!"爱丽丝严正地回答。

"谁说过那是英语啦?"红王后说道。

爱丽丝心里想,这一次她看出一条走出困境的道路了。"如果你能告诉我'fiddle-de-dee'是什么语言,那么我就告诉你法语怎么说!"她扬扬得意地说道。

然而那位红王后却挺胸凸肚,神气十足,说道:"王后们从来都不跟人家做交易。"

"我倒希望王后们从来都不出难题。"爱丽丝心中这样想。

"咱们别吵嘴了!"白王后用一种渴望的声调说。

"闪电的起因是什么?"

"闪电的起因,"爱丽丝毫不犹豫地说,因为她觉得对于这个问题很有把握,"是雷——不是,不是!"她急急忙忙地纠正自己,"我的意思是反过来说。"

"纠正已经来不及了,"红王后说,"你一旦说了一件事情,那就固定下来了,而且你必须承担其后果。"

"这句话使我想起——"白王后说,她双眼下视,双手十指交叉,又放开来,"我们遭遇了那样的雷雨天气,在上个星期二——我是说上一组星期二之一的星期二,你知道。"

这可把爱丽丝弄糊涂了。"在我们的国家里,"她指出,"一次只指一天。"

红王后说道:"这样做事情可是太小家子气了。瞧我们这儿,基本上一次指两三个黑夜,在冬天,我们有时候一下子指五个黑夜之多——为了暖和,你知道。"

"这么说来,五个黑夜要比一个黑夜暖和咯?"爱丽丝斗胆反问。

"当然啦,暖和五倍[①]。"

"不过,按照同一条规则来说,它们应该是寒冷五倍呀——"

"正是如此!"红王后嚷嚷着说,"暖和五倍,以及寒冷五倍——正如我比你富有五倍,以及聪明五倍一样!"

[①] 英文 time 有"次""倍""时间"等含义。这里,原文是 five times,可作"五倍"或"五次"解。

爱丽丝叹了一口气,不再讲下去。"这完全像是一个没有谜底的哑谜一样!"她心里想。

"汉普蒂·邓普蒂也看见了雷雨,"白王后继续说,声音放得很低,更像是说给她自己听,"他当时手里拿了一把瓶塞钻到门前——"

"他要干什么呢?"红王后问道。

"他说他打算进来,"白王后继续说,"因为他正在寻找一头河马。可是,那天早上,屋子里碰巧没有这种东西。"

"平常有这种东西吗?"爱丽丝用惊讶的声调问道。

"嗯,只在每逢一组星期四的时候有。"王后说。

"我知道他为什么来,"爱丽丝说,"他要惩罚鱼,因为——"

这时候,白王后又开口说话了。"那场雷雨是如此猛烈,你想不到!"("她永远都想不到,你知道。"红王后说。)"屋顶被掀掉了一部分,非常厉害的雷掉了进来——巨大的火球在房间里直打滚——把桌子、家具都打翻了——弄得我好害怕呀,连我自己的名字都记不起来了呢!"

爱丽丝心中琢磨着:"在一场灾难之中,我可决不会试图去记起自己的名字!这有什么用啊?"不过她没有把这句话说出来,因为怕伤害这位可怜的王后的感情。

"陛下请务必原谅她，"红王后对爱丽丝说，同时握住白王后的一只手，轻轻抚摩着，"她的用意很好，但是一般来说，总是禁不住要说一些傻话。"

白王后怯生生地望着爱丽丝，后者觉得自己应该说一些好心的话，可是此刻确实一句也想不出来。

"她从来没有真正受到很好的教养，"红王后继续说，"不过她的脾气这么好真叫人吃惊！你拍拍她的头，瞧她会多么讨人喜欢！"然而做这种事情是超过爱丽丝胆量的限度了。

"做一件小小的好事——把她的头发放在纸张里①——就会对她产生奇妙的作用——"

白王后深深叹了一口气，把头倚在爱丽丝的肩膀上。"我是多么困啊！"她唉声叹气。

"她疲倦了，可怜的人呀！"红王后说道，"抚平她的头发吧——把你的睡帽借给她——为她唱一首镇定精神的催眠曲吧。"

"我没有把睡帽带在身边，"爱丽丝试着服从第一项指令的时候，说道，"而且我什么镇定精神的催眠曲都不会唱。"

"那么，我必须亲自干这件事儿咯！"红王后说着就张口唱

---

① 旧时的欧洲仕女为了打扮，把头发绕在纸卷上，使头发鬈曲。

起来：

> 乖女士要睡觉，睡在爱丽丝的怀抱！
> 到筵席准备好，咱们小睡一会儿。
> 筵席过后咱们去舞会乐逍遥——
> 红王后、白王后、爱丽丝，以及大伙儿！

"现在你知道歌词了吧，"她接着说，同时把头靠在爱丽丝的另一只肩膀上，"把它从头到尾唱一遍给我听。我也昏昏欲睡了。"只一会儿工夫两个王后都已酣然入睡，鼾声大作。

"我该怎么办呀！"爱丽丝大叫道。她十分无奈地四处张望，这时，起先是一个圆头颅从她的肩膀上滚下来，然后是另一个，都像重重的肉块掉在她的裙兜上。"我想这样的事情过去从来也没有发生过，竟然一个人不得不同时照看两个睡着的王后！没有，在全部英格兰历史中都没有——也不可能有，你知道，因为从来都未曾有过同时存在不止一个王后的事。喂，醒醒啊，你们两个沉重的东西！"她用不耐烦的声调继续说。可是没有得到回应，只听到轻微的呼噜声。

这呼噜声一分钟比一分钟清晰可闻，听着越来越像一个曲调，最后她甚至能够分辨出字词来。她听得那么入神，以至于那两颗大头颅忽然之间从她的裙兜里消失不见的时候，她都没发现。

她这时正站在一个拱形门的门口，拱门上有"**爱丽丝王后**"几个大字，在拱门的两边各有一个门铃拉手。其中一个标着"客人们的门铃"，另一个标着"仆人们的门铃"。

"我要一直等到那首歌唱完，"爱丽丝这样想，"然后我要拉——拉——我应该拉哪一个门铃呢？"她接着想下去，被那两个名称弄得一点儿主意都没有。"我不是一个客人，也不是一个仆人。这里应该有一个门铃标出'王后'的字样，你知道——"

正在这时候，门打开了一道缝，一个长着长喙的生物探出头来，张望一会儿，说道："直到下下个星期，不许入内！"便又"砰"的一声把门关上了。

爱丽丝又敲门，又拉门铃，折腾了好一阵子，却毫无用处。不过最后，一只坐在树下的非常老迈的青蛙站了起来，步履蹒跚地向她走过来。他穿着鲜黄色的衣服，足蹬一双硕大的短筒靴。

"这是怎么一回事啊？"青蛙用低沉沙哑的声音悄悄问道。

爱丽丝回过头来，心中憋着气，打算找任何人的岔子。"专门应门的那个仆人到哪里去啦？"她愤怒地说。

"哪一扇门?"青蛙问道。

对于他这种慢条斯理、拖泥带水的说话腔调,爱丽丝气恼得几乎要跺脚。"当然是这扇门!"

青蛙那双大而无神的眼睛对那扇门瞅了一分钟,然后走近那扇门,用大拇指在门上擦擦,仿佛要试试油漆会不会被擦掉。然后,他瞧着爱丽丝。

"你是说回答门吗?"他问道,"那么它问了什么话呢?"他的声音那么沙哑,爱丽丝简直听不见他的话。

"我听不懂你的话。"她说。

"我说的是英语,不是吗?"青蛙继续说,"要不然你是个聋子吗?我是说它问了你什么话?"

"什么也没有问!"爱丽丝不耐烦地说,"我刚才在敲门呀!"

"千万别敲——千万别敲——"青蛙口齿不清地说,"它要生气的,你知道。"于是他走上前来,抬起一只大脚对那扇门踹了一下。"你不去招惹它,"他气喘吁吁地说着,踉踉跄跄地向他那棵树走回去,"它也就不来招惹你,你知道。"

这时候,那扇门被猛然打开了,只听见一个尖锐的嗓音在唱着——

这是爱丽丝对镜中世界宣布旨意:
"我头上戴了王冠,权杖握在手里。
通告镜中世界子民们,不论是干什么的,
都来与红王后、白王后和本人欢宴在一起!"

接下来有千百个声音加入了合唱:

于是把酒杯一个个斟满酒,尽量快,
把纽扣和麦麸在宴会餐桌上全撒开。
咖啡里浸猫咪,茶水里浸老鼠也不赖——
三十乘三次欢迎爱丽丝王后来!

随之而来的是一片闹嚷嚷的、嘈杂的欢呼声,爱丽丝心中想道:"三十乘三等于九十。我怀疑会不会有人在计数?"一会儿之后,又安静了下来,跟刚才一样尖锐的嗓音唱起了另一段诗歌——

"哦,镜中的生物们,"爱丽丝说,"靠拢点!
觐见我,是荣幸;听我言,是我的恩典。

至高的恩典则是赐茶点赏饭菜，
你们和红王后、白王后及本人在一块儿！"

于是又响起了合唱——

请把酒杯斟满糖浆和墨水，
或其他任何东西只要是够味。
沙粒与苹果汁、羊毛与葡萄酒相兑，
九十乘九次欢迎爱丽丝王后就位！

"九十乘九次啊！"爱丽丝绝望地重复说，"哦，这可绝对不行！我还是立刻就走进去为好——"她就走进去了，可是她一出现，屋子里却是一片死一样的沉寂。

爱丽丝在巨大的大厅里一路走去的时候，神情紧张地沿着餐桌望去，只见来的宾客大约有五十位，形形色色：有些是走兽，有些是飞禽，他们中间甚至还有几株花卉。"我很高兴他们没等邀请就来了，"她心中这样想，"我本来怎么也弄不清楚应该邀请哪些客人才对！"

在餐桌的前端放着三把椅子，红王后和白王后已经各占一把，中间那把椅子还空着，爱丽丝便坐了下来，她对沉寂的场面觉得不舒服，很希望有谁开口说话。

红王后终于开始说了。"你错过了汤和鱼两道菜了，"她说，"上大块肉！"侍者们便把一只羊腿端到爱丽丝面前，爱丽丝瞧着羊腿发窘，因为她过去从来都不自己动手切大块肉。

"你似乎有点儿胆怯，让我来把你介绍给这只羊腿吧，"红王后说，"这位是爱丽丝——这位是羊腿。这位是羊腿——这位是爱丽丝。"羊腿竟然在碟子上站了起来，对爱丽丝微微鞠一躬！爱丽丝回了礼，不知道自己究竟是受到惊吓，还是感到有趣。

"我能给你们一片肉吗？"爱丽丝说，拿起了刀和叉子，眼睛瞧瞧这位王后，又瞧瞧那位王后。

"当然不可以，"红王后非常坚决地说，"把任何被你介绍过的人切开是不合礼节的。把大块肉撤下去！"侍者们便把大块肉端走，换上了一块葡萄干大布丁。

"请不要把我介绍给布丁，"爱丽丝急急忙忙地说，"否则我晚餐什么也吃不到了。我可以给你们一些吗？"

可是红王后一脸阴沉，咆哮着说："这位是布丁——这位是爱丽丝。这位是爱丽丝——这位是布丁。把布丁撤下去！"侍者们撤得那么快，使爱丽丝连回应鞠躬礼都来不及。

第九章 爱丽丝王后　191

然而，她看不出为什么只有红王后可以发号施令。因此，作为尝试，她也嚷开了："侍者！把布丁端回来！"于是，就像变戏法似的，只一转眼工夫，布丁又出现了。那么大一块布丁呀，她不免感到有点儿害怕，正如她刚才面对那只羊腿似的。然而，她费了很大的劲克服了自己的胆怯，切下一块布丁，递给红王后。

　　"多么无礼呀！"布丁说道，"你这个家伙，要是我从你身上切下一块来，我真不知道你会觉得怎么样！"

　　布丁是用一种黏稠的、板油似的声音①说的，爱丽丝一时语塞，答不上话来，只能坐在那儿，目瞪口呆。

　　"说话呀，"红王后说道，"只让这个布丁自个儿讲话，那真是太滑稽了！"

　　"你们知道不知道，今天大家给我背诵了大量诗歌，"爱丽丝开始说，心中有点儿惊讶地发现，只要自己一张开口，大家就静寂无声，所有的眼睛都紧盯着她瞧，"非常奇怪的是，我觉得——每一首诗或多或少是关于鱼类的。你知道不知道，这一带

---

① 板油原文是 suet，这里的布丁可能是板油布丁（suet pudding），所以说"板油"似的声音。

的人为什么那么喜欢鱼类吗?"

她对红王后说这话。红王后的回答却有点儿离题。"关于鱼类嘛,"她把嘴巴凑近爱丽丝的耳朵,非常缓慢、非常严肃地说,"白王后知道一个有意思的谜语——全是诗句——全是关于鱼类的。让她背诵一遍好吗?"

"承蒙红王后的好意提起此事,"白王后用一种像是鸽子的咕咕叫声对着爱丽丝的另一只耳朵低语,"这真是莫大的荣幸!我可以背诵吗?"

"请吧!"爱丽丝非常有礼貌地说。白王后欣喜地笑着,摸摸爱丽丝的面庞。然后她开始背诵:

"首先,必须捉到那条鱼。"
这很容易,我想婴孩都能捉住它。
"其次,必须买来那条鱼。"
这很容易,我想一便士就能买到它。

"现在替我烹调鱼吧!"
这很容易,制作起来一分钟都不要。
"叫它躺在盆子里呀!"

这很容易,因为它已经待在那里了。

"把它端到这儿来!让我尝!"
这很容易,餐桌上送来这样一盆菜。
"把盆子的盖子掀开让我看!"
啊,这太困难,我怕自己做不来!

因为它抓住盖子像黏胶——
抓住盖子不让开,中间躺着那条鱼。
究竟哪一种更容易做到:
是掀盖露出鱼,还是捂盖解开谜?

"花一分钟思考一下,然后猜猜看,"红王后说,"在此期间,我们要为您的健康干杯——祝爱丽丝王后健康!"她把嗓门提到最高,尖声叫喊起来,所有的宾客也都立即开始为此祝酒,不过他们各自的做法非常奇怪。有的把杯子像圆锥形熄烛器那样扣在头顶上,啜饮着从脸上淌下来的酒;有的把酒瓶翻倒,啜饮顺着餐桌边沿流下来的酒。其中有三个(他们看起来像是袋鼠)爬到烤羊肉的盆子里,开始迫不及待地舔光肉汁,"就像猪槽里的猪一样!"爱丽丝心中想。

"你应该用干净利落的话答谢才是。"红王后对爱丽丝皱着眉头说道。

"你知道,我们必须支持你。"白王后悄声说,这时,爱丽丝站起身来致辞,她非常谦恭,但是有点儿害怕。

"非常感谢你,"她也悄声回答,"不过没有支持我也可以做得很好。"

"完全不可能是那样的!"红王后坚定不移地说。因此,爱丽丝只得很有风度地试着遵从。

("她们是那样推挤①我呀!"她后来把这一段宴会的经过告诉她姐姐的时候,这样说道,"你会觉得她想要把我挤扁了呢!")

事实上,在她发表演说的时候,她的确很难站立在原地:那两位王后一边一个,那样推挤她,几乎把她推挤得悬空不着地。"我起来答谢——"爱丽丝开始说,她说话时真的起来了,离地好几英寸。不过她赶紧抓住了餐桌的边缘,设法把自己再拉下来。

---

① 上文"支持"的原文是 support,也有"支撑"的意思。此处"推挤"原文是 push。白、红两个王后在两边 support,也就是在两边 push,因而又有"排挤"的意思。三个王后在一起当然不免排挤。作者用词暗含幽默。

第九章 爱丽丝王后

"你自己要小心!"白王后尖声叫喊,双手拽住爱丽丝的头发,"就要发生什么事情啦!"

于是(正如爱丽丝后来描述的那样)顷刻之间各种各样的事情全都发生了。所有的蜡烛全都长高了,直到天花板,看起来就像是一簇灯芯草一样的东西,顶上燃放着焰火。至于那些酒瓶嘛,它们每一个都抓住一对盘子,匆匆忙忙安装在身上作为翅膀,同样,用两把叉子作为两条腿,扑棱扑棱振翅到处乱飞。"它们看上去真像是鸟!"爱丽丝心里这样想,在可怕的混乱场面开始的时候,她还能有这样的心思。

正在这时候,她听见耳边响起一声沙哑的笑声,便转过头来看看那位白王后究竟是怎么一回事。可是坐在椅子上的却不是白王后,而是那只羊腿。"我在这儿呀!"一个喊声从盛汤的砂锅里传出来,于是爱丽丝再转过头去,刚好看见白王后那张宽阔的、客客气气的脸在砂锅的边上冲着她龇牙咧嘴地笑了一笑,然后就消失在浓汤里了。

刻不容缓。有几个客人已经要去躺在盆子里了,长柄汤勺正在餐桌上向爱丽丝的王位走去,并且不耐烦地对她打手势,要她让路。

"我一刻也不能再忍受下去了!"爱丽丝大声喊着,同时跳了起来,双手抓住桌布,只用力一拉,那些盘子、盆子、客人,以及蜡烛就一齐哗啦啦一下子掉在地板上,碎成一大堆。

"至于你嘛——"她继续说,猛地转身对着那位红王后,爱丽丝认为红王后就是这一切混乱的罪魁祸首——但是这位王后已经不在她的身边了——她已经忽然缩小下去,变得只有一个小玩具娃娃那么小,此刻正在餐桌上兴高采烈地跑着转圈圈,追逐她自己身后飘荡着的披肩。

要是在其他任何时候,爱丽丝眼见这种景象一定会觉得惊慌失措的,可是此刻,她真是激动不已,对于任何事情都不会惊慌失措了。"至于你嘛,"爱丽丝又说一遍,就在这个小东西正要跳过一只刚刚落在餐桌上的酒瓶的时候,一把抓住了她,"我要把你摇晃得变成一只小猫咪,我一定要这么办!"

第十章

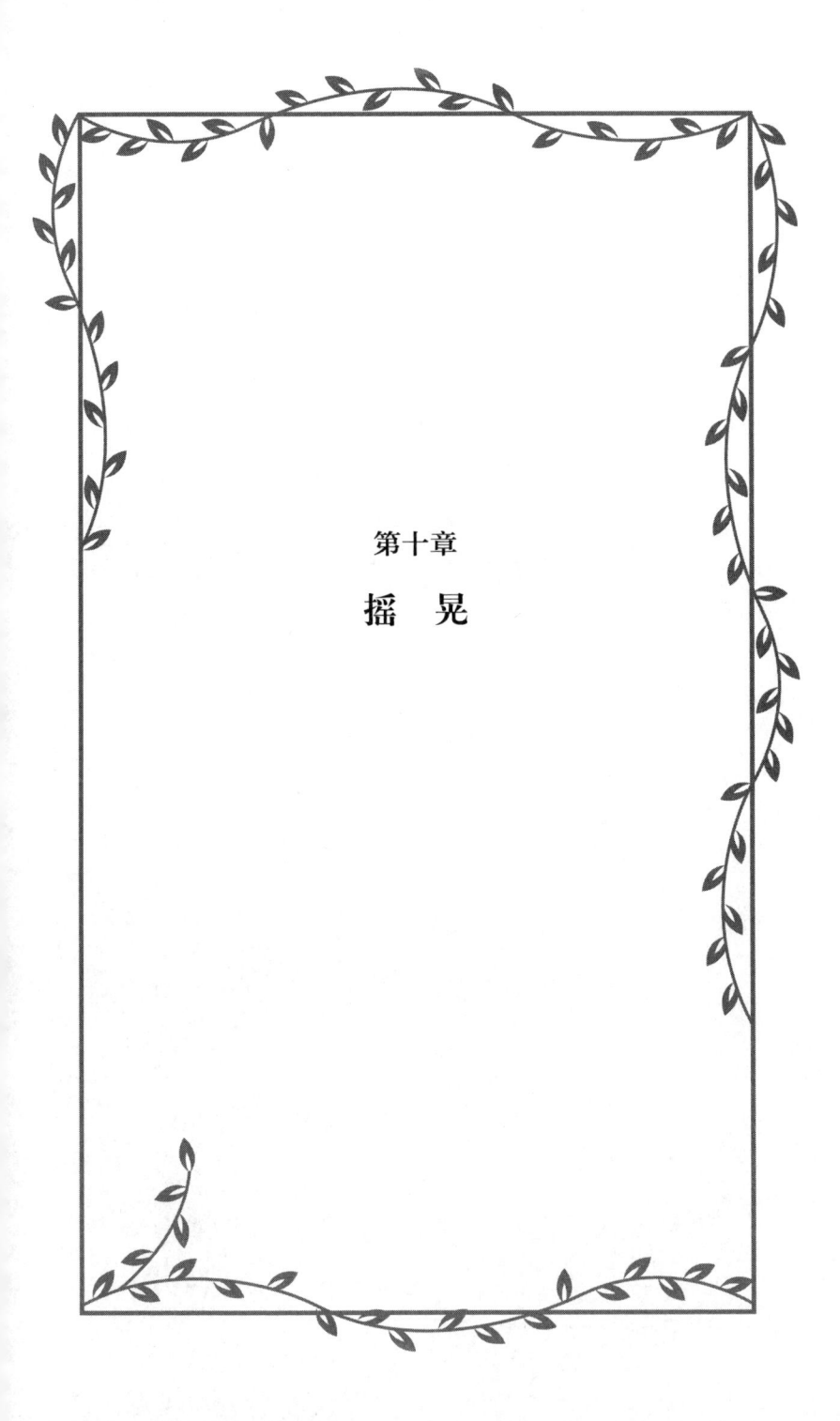

摇 晃

正像爱丽丝所说的那样,她把红王后从餐桌上拿起来,用尽全身的力气前后摇晃她。

那位红王后一点儿都不反抗,只不过她的脸变得非常小,她的眼睛则变得又大又绿。不仅如此,在爱丽丝继续摇晃她的时候,她就继续变得更小——更胖——更软——而且更圆——而且——

第十一章

睡醒了

——而且，到头来，它的的确确是一只小猫咪。

第十二章

谁做的梦呢

"红王后可绝不该呼噜呼噜叫得这么响,"爱丽丝说着揉揉眼睛,对这只猫咪尊敬地献殷勤,但是带着一些严肃的神情,"哦!你把我从那么好的梦里吵醒啦!小猫咪啊,你曾经跟我在一起——从头到尾经历那个镜中世界。亲爱的,你知道这一点吗?"

这是猫咪们的一个非常麻烦的习惯(爱丽丝有一次曾经这样评论),那就是,不管你对它们说什么,它们总是呼噜呼噜的。"假如它们能够只把呼噜呼噜表示成'是的',把喵呜喵呜表示成'不是',或者有任何这一类规则的话,"她曾经说,"那么就可以交谈一会儿了!可是,如果它们总是发出同样的声音,你怎么能够同这样的人谈话呀?"

这一次,这只猫咪只是呼噜呼噜地叫,这就不可能猜测它究竟想说"是的"还是"不是"。

于是爱丽丝在桌子上的国际象棋棋子里边寻找,直至找到了那个红王后。然后她在壁炉边的地毯上跪下身来,让猫咪和红王后面对面彼此瞧着。"喂,小猫咪!"她喊道,同时得意扬扬地拍着手,"承认这就是你曾经变成的东西吧!"

("可是它瞧也不对它瞧一眼,"爱丽丝后来对她的姐姐说明事情经过的时候说道,"它掉转头来,假装没有看见它。不过看来它对自己有点儿难为情,因此我觉得它一定曾经是那位红王后。")

"亲爱的,坐得更直一些呀!"爱丽丝带着欢快的笑声喊道,"在你想着要——要呼噜呼噜什么的时候,得行一个屈膝礼。这节省时间,记住啦!"她把它抓起来,给它一个小小的吻,"这是为了对它曾经是一位红王后表示敬意。"

"雪花莲啊,我的宝贝!"她继续说,转过头来望着那只白猫咪,它依然在耐心地刻苦打扮自己,"我不知道,什么时候黛娜会完成你那白王后的打扮呢?这一定是在我的梦里你那么不整洁的原因了。——黛娜!你可知道你正在擦洗一位白王后吗?说真的,这是你大大的失礼行为呀!"

"我不知道,黛娜曾经变成了什么?"爱丽丝唠唠叨叨地说,她舒舒服服地躺下身来,一只胳膊肘儿搁在地毯上,下巴颏儿则搁在手掌心上,眼睛盯着那几只小猫咪瞧。"告诉我,黛娜,你可曾变成汉普蒂·邓普蒂？我觉得你变过——不过，你最好眼下不要跟你的朋友们提起，因为我还不肯定。"

"顺便说说，蔻蒂，要是你真的曾经在我的梦里跟我在一起的话，有一件事你必定是很高兴的——我听到过大量的诗歌，全都是关于鱼类的！明儿个早上你将会有一顿真正的款待。在你吃早餐的整个时候，我将为你背诵《海象和木匠》，那时候，你可以假装吃的是牡蛎，亲爱的！"

"现在，蔻蒂，让咱们研究一下究竟是谁梦见了那一切。我的亲爱的，这是一个严肃的问题，你可不要像这样舔你的爪子——仿佛黛娜今儿个早上没有替你梳洗似的！你瞧，蔻蒂，那一定或者是我，或者是那位红国王做的梦。当然啦，他是我的梦的一部分——不过另一方面，我也是他的梦的一部分呀！蔻蒂，那是红国王吗？你是他的妻子，我的亲爱的，所以你应该知道——哦，蔻蒂，你一定得帮我弄清楚！我肯定你的爪子是能够等一等的！"然而那只令人气恼的小猫咪却只是开始舔另一只爪子，假装没有听见这个问题。

你认为究竟是谁做的梦呢？

卷尾诗

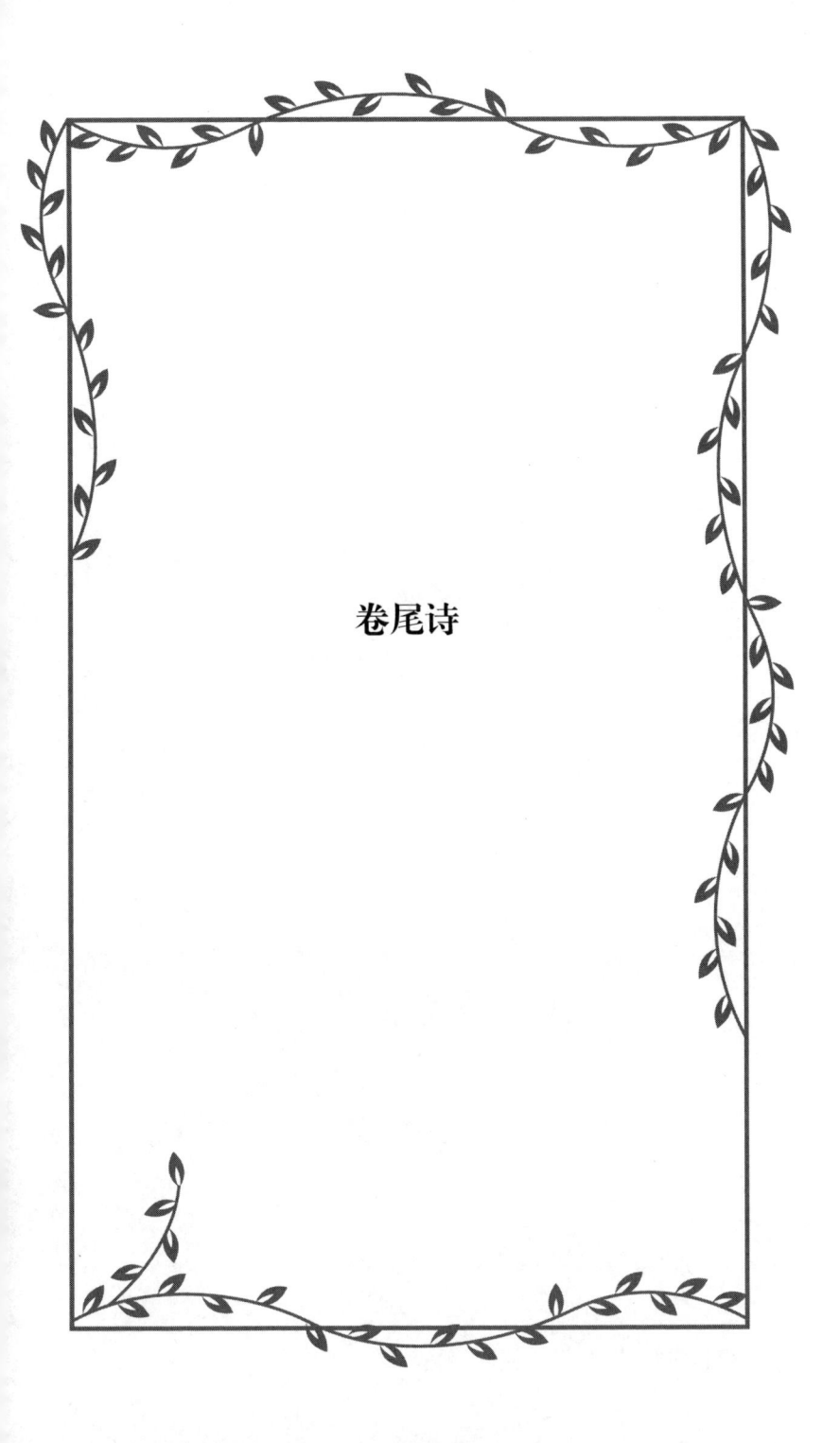

七月的某一天，在黄昏时光，
晴朗的天空下，有一条小船，
梦一般缓缓地向前漂荡——

三个小姑娘，偎依在一块儿，
眼睛睁大着，耳朵竖起来，
简单的故事，听得乐开怀——

晴朗的天空，早已经灰黄，
回声减弱了，回忆都遗忘，
秋天的严寒，使七月消亡。

爱丽丝仍缠我，像幽灵显现。
天空下她正在游动流连，

清醒的眼睛绝不会看见。

然后姑娘们可爱地靠紧,
睁大眼睛,侧耳倾听,
这故事深深地吸引着她们。

她们沉睡在奇境的世界,
做着梦,日子一天天飞天外,
做着梦,夏季一个个不再来。

曾经驾小船漂流下那条河——
在金光闪闪中流连消磨——
除了梦,人生还能是什么?[①]

[①] 这首诗共七节,每节三行,共二十一行。原文中每一行的第一个字母从上往下拼写起来,正好是爱丽丝的全名:Alice Pleasance Liddell(爱丽丝·珀莱裳丝·里德尔)。这是很有趣也很高超的写作技巧,但在翻译中难以表达。本书作者卡罗尔正是为了这位姑娘和她的姐妹讲述故事,才有了这两本著名的《爱丽丝漫游奇境》和《爱丽丝镜中奇遇记》。

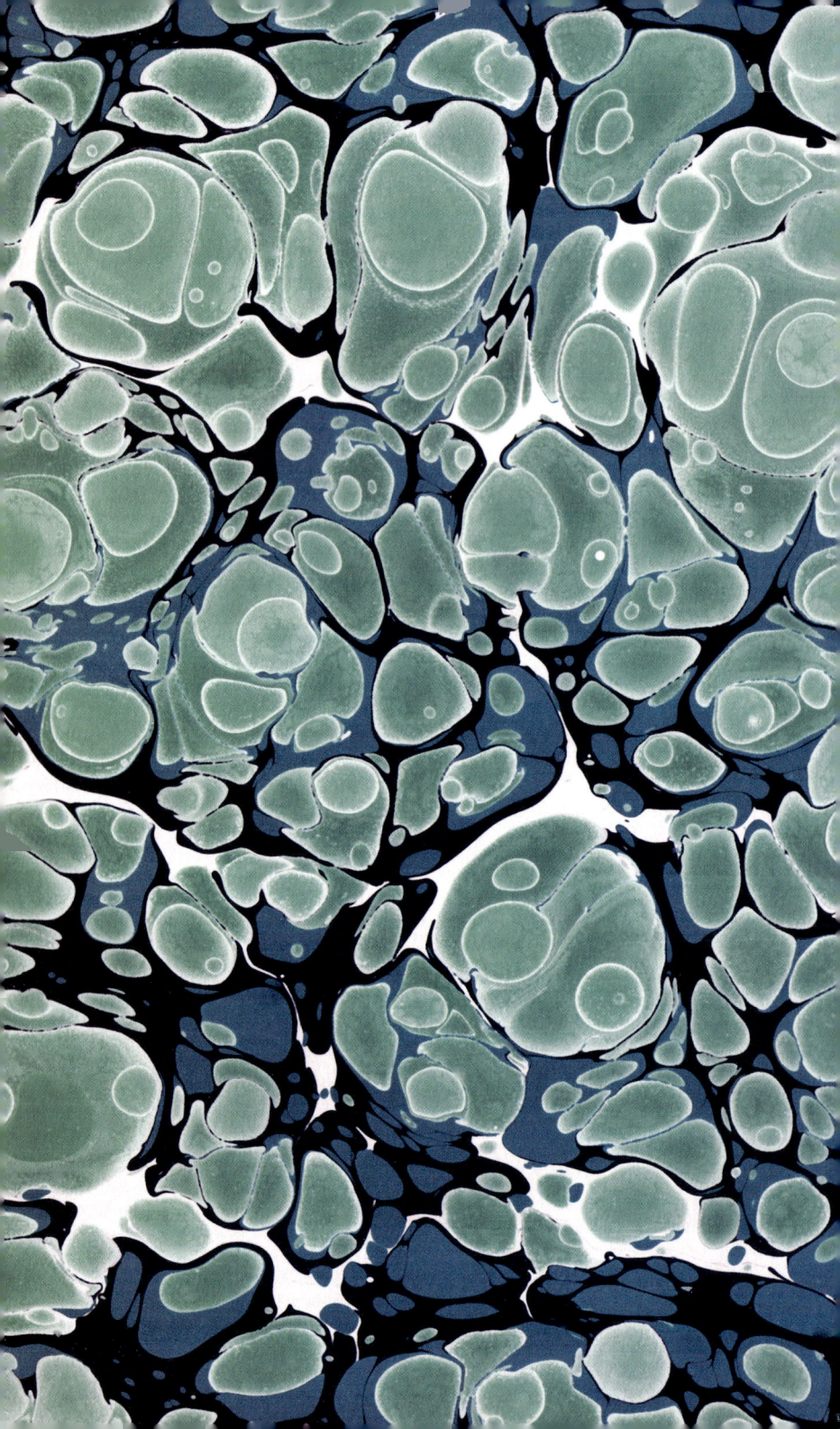